CHEN XI ZHI CHE
晨曦之车

2010—2015
黑光诗集

西北大学出版社

图书在版编目（CIP）数据

晨曦之车：2010～2015 黑光诗集 / 黑光著 . 一西安：西北大学出版社，2016.4
ISBN 978-7-5604-3862-7

I. ①晨… II. ①黑… III. ①诗集—中国—当代 IV. ① I227

中国版本图书馆 CIP 数据核字（2016）第 086130 号

晨曦之车

作　　者：黑　光
出版发行：西北大学出版社
地　　址：西安市太白北路 229 号
邮　　编：710069
电　　话：029-88302825
经　　销：全国新华书店
印　　装：西安华新彩印有限责任公司
开　　本：787 毫米 ×960 毫米　1/16
印　　张：17
字　　数：129 千
版　　次：2016 年 4 月第 1 版　2016 年 4 月第 1 次印刷
书　　号：ISBN 978-7-5604-3862-7
定　　价：45.00 元

序

云之寂美

周公度

读诗人黑光的一首题为《小世界》的小诗。像是一颗露珠，在此世间，檐下的草茎之上，拥有自然，又自拥世界。我反复地赞美他的轻。轻是万物的真相，是《道德经》的旨归，是神的恩典。这首经典小诗，写于他的 23 岁，却像是他未来的女儿，几乎他的全部世界。

后来读到他的《潜入二十一世纪的老子》，一组颇具时间结构之美的未完成组诗。隐蔽、颤栗、沉默，如君王的脸。仿佛他曾经端居山巅，漫步溪谷之侧。我反复地赞美他的重。一种不由分说的孤绝之美。与沉湎、沉闷、沉默，不离不弃，朝夕相伴的空旷、寂寥，与哀愁。

"白，过来，请亲吻我的黑。"他的世界之大，尽在此时。需要把很多表达浓烈的词语聚在一起，才能说清楚他的宇宙。一生的腹稿，如在汹涌的大海；宏大、辽阔、奔腾的血液，撬动复平复。初春的水上透雕之舟，美丽、忧伤的叹词，仍然在潜伏之中。

再读到《晨曦之车》，一种源自上古的小雅之风，披着云霞、星辉、月光，迎面而来。此时的诗人黑光，身体里的四季归于澹然，家国之咏退居幕后，开始向一湾溪水致歉。随心的短章与散漫的字词之间，游动的水晶一般澄明剔透，寺院的钟声一样得云之寂美。

青春、中年与此刻。少年之时的春风牡丹，绕过了朔风吹瘦的栅栏，和着蛙言、虫声和鸟语，来到心中的黄金老虎身边；轻抚他的金缕鞋，汲水的瓦罐，饮酒的蟋蟀，诵经的君子兰，低声问询他的行踪,他的国土,他放下的大好河山。

旧梦依稀。在大海与土豆之间,在明尼苏达与虞江水畔之间,在碑帖与松柏之间,灰烬照亮的尘世,内心的岛屿,肩上的城堡,七彩的时间,无数的青山,历历在目。

彼,何斯人也。

2016 年 4 月

序诗

晨曦之车

拂晓。往事停在遗忘的拐角
白玉兰敞开晨曦之车
石楠伸长柔嫩的手臂

山河返青,风伯敲门
我喜欢的三月
送来一年中最晴朗的日子

目录

第一辑　浩荡的思想坟头
2010年卷

- 003　峡谷
- 004　伤口
- 005　浩荡的思想坟头——纪念诗人海子
- 006　白，过来……
- 007　彩球
- 008　在幽暗的河边告诉我久远的故事
- 009　被这颗星球的一世的愚蠢所掩埋
- 011　奇异恩典
- 012　诗经时代
- 013　桌案上的冬天
- 014　黑与白
- 015　潜入二十一世纪的老子（节选）
- 020　鲁迅和我一起写诗
- 022　我喜欢……

第二辑　时光倒流的景象
2011年卷

- 025　江山美人——灯下读史
- 026　春，一些往事
- 027　杏花满地
- 028　对峙

029	河南·驻马店·1975——与青春有关的日子
030	绝好嗓音
031	耶利米哀歌——公元前586年耶路撒冷陷落
032	清明的马头琴
033	苏醒
034	独处
036	愚顽者说
037	合唱
038	凿空——赠周公度
040	那一拨拨被遣返的人
041	看见
042	在夏天,想起了一些诗句和诗者
045	面对
046	剔水
047	天空拧紧了深深的蓝
048	日子
049	多听听蛙言、虫声和鸟语
050	旧梦里醒来
051	绳子两端和一个人的一生——寓言故事
052	读诗
053	读泸州曾一兄
054	病中偶得(节录)
056	一柄伐钝了千年的斧子独自走出森林
058	今晚
059	陌生人
060	时光倒流的景象
061	安静

第三辑　灰烬照亮的尘世
2012年卷

- 065　忧伤，我举起这个词
- 067　桑和槐
- 068　新年之光
- 069　足之钉
- 070　结束了结束之后
- 072　三月二日读诗
- 074　一只蚂蚁爬过了长长的竹竿
- 075　我怕我被激起的那颗骄傲的心
- 076　安！
- 077　春日小札
- 079　我的院落，正在升起桅杆
- 080　关于某种距离的三人问答
- 081　明尼苏达的雪——写给女儿
- 082　一个知识青年曾经的十七岁
- 083　赶在打雷下雨前回家
- 084　逝者不告诉你的，雨水也不告诉你
- 085　查理和葛丽娜的小黑暗
- 087　有心——和周公度《有信》
- 088　五月十一日与公度君夜饮南山下
- 089　黑暗中的寻找
- 090　荒芜志
- 091　月儿·小马驹
- 092　灰烬照亮的尘世
- 093　念兹在兹
- 095　从词语之黑，到黑的内部

- 097　撬动墨汁和海水的无韵之词——写给石方
- 098　黑时间
- 101　天空墓园
- 102　金达莱哀歌——写给朝鲜诗人张进成
- 103　满目青山
- 104　一个人的反省
- 105　可能与不可能

第四辑　在时间第七台阶上
2013年卷

- 109　在时间第七台阶上
- 110　最后的父亲
- 112　死亡把生命埋得更深
- 113　放下了，就是大好河山
- 114　女儿的月亮和纸鸢——遥寄明尼苏达
- 115　清空
- 116　五月，写一首矮矮的诗
- 117　一把锄头和另一把锄头不会交换思想
- 118　所有被举起的黑暗都曾吻过史前洞穴里的火焰
- 119　我是光，在最黑的地方和你打招呼
- 120　一个意大利士兵仍在二战壕沟里低语
- 121　和五门先生侃匈奴人
- 123　没有一块石头留在石头上
- 124　我的身体里驻满了四季
- 125　君子兰在诵经——卧床前的几个断句
- 127　彼此心上的故乡——遥寄明尼苏达（之二）
- 128　心上和纸上的阿斯加——为诗人东荡子祈福

129	古塔——编纂《文物志》随感
131	家国之咏
132	冬日加冕
133	低谷
134	睡眠
135	英雄的完成——纪念纳尔逊·曼德拉
137	飞翔
138	冰点
139	行走
140	一切事物都有光
141	一生腹稿
142	诗是一尾鱼

第五辑　月亮戒指
2014年卷

145	时光和诗歌之旅
146	铁——写给李煜和稼轩
147	考古者
148	家族史的一页——写于父亲忌日前夕
149	阳光辞
150	无他
151	一个词
152	沁沁园里
153	晨曦之车
154	诗人的行李和建筑师的语言
155	水晶之夜
156	云寂寺的钟声

158	一条缠住时间的蟒蛇
159	春风辞
160	清明之伞——赏卧龙寺白牡丹
161	古意
162	翻开的书
163	日子又瘦了
164	时日
165	手臂——回溯70年前的一幕
166	岁月之刃
167	晚宴
168	山中
169	空穴有风，你要站在高丘上
170	失去祖父和外祖父的静
171	灰时空
172	何斯人
173	思想·沉絮·手艺
174	雨是天空坠落的雕塑
175	你的行踪漫山遍野
176	那时他颀长的影子就是国土——致祭太史公
177	黑暗，为夜行者储存方向
178	母难日
179	金龟寺——踏查文物点走笔
180	老，就是潜回童年
181	剪影
182	对敲
183	暗黑为桨——读老闷《告别》
184	月亮戒指
185	回眸1945年的中国

186	雪地里的一枚蹄印
187	金缕鞋

第六辑　今冬无雪
2015年卷

191	故园
192	今冬无雪
193	老街故事
194	寂寞与喧嚣
195	无数青山
196	勋章
197	醒和病的历史
198	今天好天气
199	暮春杂记——写给吴晓丛兄
200	剔牙
201	五月之舟
202	青砖黑痣
203	我已数九寒天，你们继续盛夏
204	蓝色故事
205	纸上春秋——少年忆
206	慢慢走——生日自题
207	星星们都去哪了
208	这里
209	月光
210	安抚
211	宿命
212	此生

213	自由落体
214	延川"麻汤饭"——踏查文物点宿营即笔
215	夜行黄河桥——写于《文物志》踏查途中
217	山是一只飞不起来的鸟
218	沉寂
219	立冬辞——遥寄明州女儿
221	世间
222	暮晚
223	一本旧书
224	握在手里的时间
225	石碑

附录　评论·访谈

229	牛泽群：良心深处的对峙，厚重情思的内敛 　　　　——读黑光2011自选50首
239	宫白云："黑夜里兀自汹涌的大海" 　　　　——黑光诗歌印象
243	周公度：银杏树考证
245	周公度：寂静慢慢生长 　　　　——黑光访谈
251	黑光：《小虫童话》创作谈
257	后　记

第一辑

浩荡的思想坟头
2010年卷

峡谷

你认真而腐朽
他随意而灿烂

逃亡的钥匙
你追。你追不上他

下一个是大海
再下一个是土豆

山樱桃熟了。谁?
谁最后一个走出峡谷

伤口

在你垂下去的眼睫上,我看到了我结疤的伤口。
它和一个陈旧的故事并排而立,
被同一把锁锁在了岸上。

往事,是一片沙滩。我站在了那里——
你流泪,像失败一样美丽;
你浅笑,像忧伤一样坚强。

浩荡的思想坟头
——纪念诗人海子

孩子死后,孩子活了。
在浩浩荡荡的思想坟头,
一只鹰洗劫了太阳,
一只蟋蟀奏响了大海。

宏大,辽阔,奔腾,谁被点燃?
寂静与涅槃,谁被点燃?
风铃和鸽哨结伴而至,
我带着我的钟槌又走向大海。

白,过来……

白,过来,请亲吻我的黑:我的镜子。
请送我一个天空、十条江河、一百只海洋。

海洋——我情愿唤她海羊!海羊!
我情愿寂静和蓝色是她永远的衣裳。

她会被牧羊人,被我,永远地牵着,
自东而西,由南至北,从太阳谷到月亮岛上。

牵着她,永不松手地牵着她,我会牵着
她的呼吸和睡眠,一如牵着冬天的梅花和雪花。

一如牵着冬天的梅花和雪花,我牵着她——
在万物复苏的季节,我牵回了我的大海和海羊。

彩球

在一颗星上,我看见了
人子一闪——

接着,我看见了
金色的、紫色的、蓝色的
绒线球们自天空而降……

像千百个伸出手臂的
舢板在海面上遁远、消失,
我发现,那些眨霎眼睛的

从上帝口袋滚落的各式各样的
彩球们,都有同一个愿望:
它们愿意回归,愿意熄灭……

在幽暗的河边告诉我久远的故事

已是深冬了。水的家乡默默无语
水的孩子在天空游荡。
这家乡,这孩子,
构成了我一生的枯寂、忧伤和迷惘。

深冬了。雪花和冷风做了我的朋友
他们给我添衣,加褥,生炉火,
在幽暗的河边告诉我久远的故事,
告诉我福祉的依托,我乳名的由来。

还告诉我"馨香如故,草长如故",
那些温润的系结人子一生的
水的根脉、水的血液、水的圣像
都将在我无涯的眺望中羽化而去……

被这颗星球的一世的愚蠢所掩埋

你想象到的和想象不到的东西
都在出来——

从扇贝的咽喉
从牡蛎的肺
从蛏子的肚脐

它们出来,像上苍摇动的大铁扇
把耽于梦幻的王子和公主们统统打翻
那些弱质的茎叶、花蕊和草籽
没命地啸叫,没命地奔逃……

世界在这一刻暗了下来

你开始用皲裂的手指刨挖时间的血
和祖先的根
你掘开生命的那一刻
你的死亡也破土而出……

在忧伤弥漫的海滩上,母亲们
纷纷跪倒,跪向人子的尸身
跪向天空的尽头……

忍不住泪水号啕，你把眼睛里的铁
一股脑儿地还给这个世界
还给七彩的蜃楼、灯塔和风标
还给来来往往的鬼魅与魍魉

被这颗星球的一世的愚蠢所掩埋
你承受了无所不在的
迷惘、沉沦和寂灭
——向你的内心承受

奇异恩典

倾听。像石头那样
一动不动
安坐于大海之畔、群山之中
入定,并仰望天空。

倾听。一个朋友
告诉另一个朋友
这抚面润心的天音,
只在圣洁的恩典中回旋。

倾听。水的孩子
披着云霞、星辉、月光
自天而降——
上苍的福音落满大地。

诗经时代

初春。雅士和雅歌们齐聚水边
鹰的小红衫、小蓝衫来了
蛇的小夹袄也来了

都来了。雅士、雅歌们的
透雕之舟在水上滑翔,
美丽、忧伤的叹语弥漫天空

桌案上的冬天

桌案上的冬天，缘起
一枚印，止于一张纸
你双手摊开，额头落满雪花

回家放牧，牵上笔洗里的
水牛。笔洗空了
烟蒂纷纷涌入……

曾经水上有风，嘴唇上有风暴
她说：那时你黑着脸
她是笑着说的，笑得很温暖

窗外是春天了
其实，窗外早就是春天了

黑与白

沉湎，沉闷，沉默——这些
甩脱不了的小动物，
不弃不离，与我朝夕相伴。

黑，在它们之前是实，是原生态；
之后是空，是寂灭。

一棵弯曲的桑树上，吊着
你白色的丝线和
我白色的童年。

潜入二十一世纪的老子（节选）

老，不曾属于我
但是有人告诉我：
生下来，你就老了

——题记

一、腋下暴动

有谁见过：颤栗、感动与
力量的合谋，让他返老还童。

他非别人，他正是我，
蜕下躯壳的二十年后的我。

曾经，水与火的子嗣在腋下暴动，
尘埃是那么持久，铁是那么轻。

而我未老之前，已预感到了老，
被哲学家们反复谴责，反复赞颂。

通向枯井的路，由一只只水桶组成；
君王的脸，在脚踏下变形……

二、万物归一

隐蔽的火，给他起过一个名。
崇火的年代：子，是大师的尊称。

其实，没什么可以夸耀的；
我生来就老，且老得一塌糊涂。

太阳每天升起，他冥想火的起源；
夜色日日降临，他琢磨黑的肇始。

今人恐惧的黑，我也曾恐惧。只是
结草为楼，想压低恐惧竟也抬高了自己。

最终，万物的奥秘被我用"一"破解；
我成为了"形而上"的王，沦为静寂。

三、归去来兮

我写过"寂静慢慢生长",接下来
写道:"一双曾洞彻人间的眼睛,
在观天的楼台上放牧上帝的羊群"。

那时间,正好指向 2007 年 9 月 9 日;
那日子对老子是谜,对君王也是。

而"绵绵白雨的上空有红晕飘来,
一会儿是花朵,一会儿是嘴唇"
一个持灯人,已携我走向山巅。

而一群星星故态复萌,在我抵达之前,
紧急集合,熄灯,隐藏了它们的脸……

四、李太白生

龙脉之巅,极顶太白。
因有,王者为白;
并有,杀青为白。

公元前91年,《太史公书》杀青。
言吾生平:"无为自化,清静自正"
言及汉兴:乃得天统,循天道,自然成。

公元701年,谪仙人出,李太白生。
这孩子一不小心就长大了,长得
一副傲骨,浪得"天子呼来不上船"

但我知道,谪仙人只是诗中之王尔;
他常拜倒在我的膝下,呼我太上老君,
还酗酒,撒欢,哀愁,贪恋月色和女人。

鲁迅和我一起写诗

差不多是九十年前,
鲁迅和我一起写诗。
我应该写的是我的来世,
先生写的是先生的前生。

那时我是影子,先生是实体;
抑或我是实体,先生是影子。
只是时间久远,已经记不清了。

但有一二场景至今依然明晰。
那是先生做得关于坟的一个梦。

他说,他"梦见自己正和
墓碣对立,读着上面的刻辞"。

墓碣"剥落很多,又有苔藓丛生,
仅存有限的文句"。比如——

"于浩歌狂热之际中寒;
于天上看见深渊。
于一切眼中看见无所有;
于无所希望中得救。……"

末了,是更为惊怵的一幕。
先生"就要离开。而死尸已在
坟中坐起,口唇不动,然而说——
'待我成尘时,你将见我的微笑'"

差不多是八十五年前,
鲁迅已经写出如此优秀的诗篇。
只是他把梦中所见告诉了世人而已,
只是那时他是影子还是实体?至今

不为我们所知。

我喜欢……

我喜欢没有结尾的故事,
喜欢石头一动不动,
喜欢脚丫和道路交谈,
喜欢逆流而上,溶入源头和根。

我喜欢空荡荡的操场和影院,
喜欢白云懒散,天鹅自在,
喜欢大秦岭就立在那儿——
那么蛮横无理,又慈祥年轻。

我还喜欢没有梦的睡眠,
喜欢低碳生活,和得病不吃药,
喜欢拎一篮黄金和一河滩土豆交朋友
——当一回皇帝,再做丐帮统帅。

阴湿湿的下午,我还喜欢走进花店,
喜欢开怀朗笑的西伯利亚百合,
喜欢翠竹,康乃馨,和太阳花。
天黑了。天就要黑了。我一高兴

就把她们都带回家!

第二辑

时光倒流的景象

2011年卷

江山美人
——灯下读史

江山是美人的
水是美人的
因了美人
村庄升起炊烟，宫殿搭满镜台

晨起，美人慵懒的身姿让后宫
四壁生辉。很快，在美人临水的倒影里
又溅起三千里狼烟

狼烟，狼烟
王去，王来
美人刎颈断剑，黎民白骨如山

春,一些往事

春,闽南的水仙花开了。但闽南
寄到长安的水仙还在睡着。睡在
高新区科技一路三十五号——
我失了暖气的阴冷的办公室里

这些天里,早醒像漱口习惯
日日与我相偕相伴。醒在鼾声起伏
的凌晨,醒在四点

今晨四点,我又一次准时醒来
想起一些往事,以及一些
与往事相关的往事,突然一阵心悸——

那些丢失的他的,和她的短信
那些机智的、坚定的词语和寂寥、孤独的
像一枚娇小的不慎掉落的纽扣在宾馆衣架侧旁
向着窗外的冬天里的一片远去的飘在
路上的树叶倾诉,并啜泣……

杏花满地

在我掉落牙齿的地方
你埋下一粒杏核
很多年后
这里成了杏林之家

很多年后华佗牵着阿瞒
重游赤壁。这个
小阿瞒一路忏悔
一路告饶

很多年后白衣飘飘
杏花满地
杏花丛中隐现着
大乔和小乔

很多年后东坡先生
依旧"遥想公瑾当年"
叹息之余,一并想起当年
曾"月夜与客饮杏花下"

注:1079年,苏轼作《月夜与客饮杏花下》;1082年作《念奴娇·赤壁怀古》。

对峙

和时间对峙，我收获了
无穷无尽的皱纹、白发和老人斑

小菜和小酒端上来了。一代代的
大师们签字画押，咳嗽，瞪眼，吆喝，狂饮

有谄笑包围他们，有琵琶弹奏他们
有功名簿排列他们，有青石碑铭记他们

还有发霉的阅历像通向远山幽谷寺庙的
小径，在花非花　树非树　山非山　水非水的

幻觉之境拥戴他们　起舞他们　鞭策他们　窒息他们
而我只待在狭仄的一隅想空，想实，想无，想有

想浩瀚宇宙源于"奇点"的那一次大爆炸。它
曾经那么准时，那么确切，那么暴力和温柔——

河南·驻马店·1975
——与青春有关的日子

板桥，石漫滩
这一年父亲送我下乡
有人说，神睡了
紫禁城的太阳在消褪光芒

白的手和白的肚皮也漂来了
像山芋。像猪蹄。像水饺
有消息说"狗已经死亡，牲口
已经死亡，人民已经死亡"

这是八月八雷公暴怒。我
听到了九州之夏的怯怯哀声
这是二十万生灵涂炭。我
记住了河南·驻马店·1975

注：1975年河南驻马店地区垮坝，重灾区为板桥、石漫滩等"大跃进"年代或稍后建设的水库垮坝，当时打捞尸体10万多具，后续因缺粮、感染、传染引至死亡14万人，合计24万多人死亡，与次年唐山大地震死亡人数相若。

绝好嗓音

我其貌不扬。却
有着无可匹敌的绝好嗓音
我写下的字
只要我读出声,四座皆惊
他们说,这
就是最好的诗了。他们
甚至听到了岩石的
磁性和刚毅
触到了人世间最为雄浑的歌唱
和窒息

耶利米哀歌
——公元前 586 年耶路撒冷陷落

荒凉之城，哀绝之邦
激愤、悲伤的耶利米
四肢痉挛的耶利米
因言获罪屡遭
牢狱之灾的耶利米
为群山哭泣，为旷野哀号
上帝把人子所能倾述的一切痛苦
都塞进了一个人的嘴里

清明的马头琴

是什么声音，凿空了你的城。使
海水老去，云朵走失。让一只
鸿雁，盘旋于马头琴的上空

这是子夜的水。是黎明的蓓蕾爆裂于
无梦空间的好时辰。是抚琴人和草原之驹
且行且退，消失于《天边》的一刻

哦水仙睡了，梨花和桃花醒了。在清明时节
被一场及时的雨打成碎片：我愿意
纷纷扬扬，委身泥土和根……

注：是夜，听贺西格马头琴曲《天边》，通宵无眠。

苏醒

浅绿，深蓝，乌黑——这些美的
和趋向于美的，都被温润的
东风吹醒——

东来西去的风伯啊，你吹醒了
虫子们的食粮，也吹醒了
我心中的死者……

独处

独处,是一盏灯与一支烟的纠结。
灯下的憔悴族,属于灵长类的
一支:人,你,或者我。

憔悴而暗淡:一种被牵引的感觉。
青烟弥漫:一种窒息和恍惚。
急刹车:一粒"无无"[1]的解药。

无无而呜呜:歌,或者哭——
虞姬的王走了,绝了东方以东;
耶路撒冷陷落了,折了西方以西。

诗篇和刀斧的嬉戏,煲出流金岁月;
煲出鲁迅的烟斗,犹太人的哭墙;
煲出无边的空旷,寂寥,和伤逝。

"我倦矣"[2]——四围之墙没有影子,
但有胭脂,枕头,纸巾的殷殷守候;
但见倦者当年,浅酌老酒,在灯下小憩。

注:[1]"无无",语出谭嗣同《仁学》二二:"无无,然后平等。"

[2]"我倦矣",语出蔡元培辞北大校长时的便条,开篇曰:"我倦矣!'杀君马者道旁儿也'。'民亦劳止,汔可小休'。我欲小休矣(以下略)"。

愚顽者说

我是你回家路上的街灯。我
为我一生不倦地照耀
你,无用地伴陪
你,而深感荣幸

我的朋友从来是,并且永远是
那些英勇不屈的蟋蟀一族
和视死如归的蛾子一族
它们和我一样深感

荣幸

合唱

我们都是被死者嚼过的虫子。

上山之前,我们
储备了浑身的绿血和青筋;
装有柔韧的赤手、裸足和脊背。

作为虫子,我们
饮的是露水,吃的是树叶。
我们的一生,都在匍匐,前进。

前进在密密匝匝的丛林里
——死者的眼帘上——

凿空
——赠周公度

一

最近常想"凿空"一词
想久了,身子骨就飘逸出去

二

且临水凿之穴,
凌空之境,
但见"凿空"西域的汉使节归来

一同回来的,还有汗血宝马
葡萄、石榴、苜蓿、胡桃、胡麻

三

逾天山,跨葱岭,
他真的很累了。
邀饮,倾杯,相顾无言。

风,还在刮。"凿空"
还将继续……

四

有曰：张骞乃汉中人士，
身高八尺，须髯如戟。

又曰："骞为人强力，
宽大信人，蛮夷爱之"。

五

辛卯清明之日，我立于
张骞墓前，想了片刻：

噫嘘"凿空"——妙不可言，可与
达摩"面壁"对观。后来
公度君如是说。

注：司马迁以张骞"凿空"西域，概括其历险、传奇、开辟丝绸之
　　路的一生。

那一拨拨被遣返的人

你,过来。

你在你过来的地方,
遣返自己。

还有,树。

树,是不需要过来的。
但你必须过来。

过来,即是遣返。

你,过来一次;
树,长高一尺。

百年之后,你入土。

树,一动不动。继续
看着那一拨拨被遣返的人。

看见

我和我的太阳兄弟有约："我们
走在大路上——欣赏失败——"
一阵踏碎长夜的马蹄声从后面赶来，
我看见君王垂泪，妃子掩面。

在被史册压矮的五岳之巅，我逐页
翻阅过往的帝国，宫阙，朝臣和佞人。
所有的清醒都是一时糊涂的产物，
我看到江山如画，英雄哀绝。

诺大的土地上有过多少次灿烂平息，在博物馆
陈列的青铜弩机、刀剑、铠甲和头盔之上
也悬吊着冰冷、腥气的坦克履带，这些
你们看见和看不见的，我全都看见——

我甚至看见了达摩克利斯之剑的凌厉炫舞，
听见悠远的剔骨之声从古希腊传来。

在夏天,想起了一些诗句和诗者

一

一个总是要出门的旧旅行包
在火车站消逝。

这是夏日:空气明亮,剔透,
我想起了"白色上的白色"。

二

花是"诱惑"的,
艾略特是"猥琐"的。

谁掰开这个词,
谁就掰开了死亡。

三

"二月。墨水足够用来痛哭"
那么五月?六月呢?

我的夏日与帕斯捷尔纳克的
冬天,老是纠缠一起。

四

许多没名堂的瞎想在手心开花,
许多没名字的荆丛刺痛脚趾。

当我失去我"被失去的地点",
你的记忆总是最先抵达。

五

明亮的空气里爆裂一串咳嗽,那是
滞涩与畅通的又一次艰苦搏斗。

诗句和诗者在这一刻苏醒。我看见
"八百头野猪在天空飞翔"

六

约伯,一直在我心里;那是一本
希伯来圣书的深情移植。

现实版的约伯,在泱泱九州
也许只有铁生一人配当。

七

"我躺下睡觉。我醒着。"

晶莹之躯,沁凉之体,china 瓷

从博物馆的冬天走到夏日。

当她走近,一场大火便扑面而来。
在火中翻卷,她原是一朵冰花。

八
再次想起"白色上的白色"
在一本书里——安德拉德,
二十年前我们第一次相识。

瓷,冰花,日光,还有吟咏
"死亡赋格"的保罗·策兰:
我们都在同一天相识。

识,即是中毒。我反复听见他说:
清晨的黑牛奶我们傍晚喝——
我们傍晚喝——

面对

时间,在某一"时间"露出了
它本来面目。我喘息。

我退缩下去。退到时间之梯的
最低一档——是时候了。

是你们面对,如同我面对的
共同"时候"了。

我面对的是一亿人的阳光
和一个人的末日。

剔水

以
剔骨之刃
剔水

笑煞了多少河流多少岁月

当我老了我还在岸上
而你已在水里
消失

天空拧紧了深深的蓝

云杉、油松、白桦围拢
红瓦台,清清涧水自台下流过
水中蝌蚪追逐、嬉戏
水边挤满了远古的蕨类兄弟

石径循着鸟啼婉转上升
释迦披着泥衣在远山休息
一道飞瀑起身与我寒暄
几丛野花探出头来替我作答:

静在此,动在此,佛亦在此——
甩脱一身的累赘:我也驻足于此
瞧,天空拧紧了它深深的蓝
原是不让我们的眼睛轻易淌出泪水

日子

日子浮出水面多年
水下的人抱住日子的
尾巴继续沉潜
岸上有人笑了——
笑蛤蟆奏响的滥调
笑泥鳅蠕动的油滑
笑蚊蝇忽闪的衷情和吊诡

像两块石头交恶
互相击打，受伤
我拥戴过自己
又推翻了自己
把最经不起时间消磨的
王冠抛向天空，任其坠落
哪怕落到赖皮狗头上

多听听蛙言、虫声和鸟语

所有的鞋子都走在路上,
只是这鞋子穿在谁
的脚上而有了区别。
这区别也只是人为的而已,

而已矣。

我们由鱼而来,混入哺乳一族,
凌驾于灵长类之上。即使
我们的尊容被神谕钦定也
不妨时时后撤一步,甚至坠下,

坠下。

坠入忘川或九泉的入口,驻足片刻,
听听死者的遗言、忏悔和叹息,
也多听听远比我们清纯的
蛙言、虫声和鸟语……

旧梦里醒来

从一个遗失时间的旧梦里醒来
那个被阳光和海水浸淫
的葡萄牙人——
埃·德·安德拉德突然
开口说话

他说，他变成了晶体
结晶在白色之上
明净的光环
层层叠叠
一直铺到大海海底
和寰宇深处

他的话
好像是对我说的
我环顾周遭
空无一人
只有白色
和白色上的白色

绳子两端和一个人的一生
——寓言故事

非黑即白，没有中间地带
一个光腚少年梦游在
绳子一端
醒来，已是奄奄一息的老头

绳子的另一端
是阅历、经验和真理的死结
碑铭一样斑驳的记忆
刻在他丘陵般起伏的脸上

他喘息，还没有死
但时间已经不多了
心悸、颓丧和梦魇的鼓点一再
擂响：时间已经不多了

他腿是跛的，那是曾经
思想是跛的，却是永远
辽阔疆域拴住的少年和老头，
现在，总是缅怀子宫而恐惧坟墓

读诗

当我熟读一首伟大的诗
记住黎明曾裹在一件赤褐色的斗篷中
我的暗黑就从家乡的谷仓里开始了

那一年,鱼儿没有咬饵,蚕儿没有上山
乌篷船独自牵着一位少年的手
穿过石桥,漫过莲塘,把从北国捎回
的沙尘、泥土、枣核一并撒入虞江

少年从此陶醉,一醉不醒,贪恋江南之水
和所有不存在的物事,直至醒来发现:
他成了黑夜的囚徒和稿纸上的农夫

读泸州曾一兄

一叶叶过来,仔细读完一棵树
搂着树干,向下,进入
黑暗和孤独

停,这里是一座小小的
眠床,许多孩子举着烛灯和
汲水的瓦罐,吟诵甘霖、梦露和死亡

美丽的死亡,织起一叶扁舟,穿
行于书海和岛礁之间,我隐隐
嗅到:太阳灿烂,果实金黄

泸州曾一,独坐树下

病中偶得（节录）

一

我的世界曾经是现在又是：
一壁白墙，吊瓶高挂。

二

手术下来。他们问：感觉怎样？
吾曰：麻药是假的。

三

读北岛《时间的玫瑰》
被特拉克尔击痛。

持续低烧。遂有
十一点之吟——

昨晚我很憔悴，
今晚还是，
那么，明晚呢？

四

想写一首诗了。
——就写：

秋的身后是雪,
雪的身后是小孩。

五

碧梧一丝秋——
每次换药默念它,
痛苦会减轻许多。

但今天是光棍节,
我只说光棍你好!

六

梦遗。馈赠。救赎。
他眼睁睁瞅着
一个人还童
一个国家老去

一柄伐钝了千年的斧子独自走出森林

一

老聃曾困惑：
天下又乱起来了
好像天下不乱它就不是天下

二

天亮后所有昼伏夜行
的虫子
都进入了梦乡

被两座密约过我的黑森林出卖
手，死在了遗弃手的
树根下——

三

一柄伐钝了千年
的斧子独自走出森林

在人们不曾歇脚的陡峭之地，我
搭起了我的房子，等候
飓暴前来清场——

四

书——在我体内一卷卷打开
搅痛我的胃,我的肺,和我的肝脏

我在书里行医,诊治自己多年
我明白:从少年时候起——

我咽下的鲁迅,至今没有消化
我喝下的数学,也一直没有排出

一阵花岗岩石击中天锅的巨响
——从古城上空划过——

五

我就要老了
我还在举目四望
等待那永远不能抵达的援军

今晚

今晚,风和我一起读书。
读这片冬天的土地和
北国飘零的梧桐。

今晚,月亮升起来了
她升得高高——
高高的,就像一朵荷花
跃出九月的泥塘。

九月不远。我扯下的记忆
缀满了旷野的纽扣,和
山谷温润的体香。

而在一匹跑远的古铜色里,
叹息与欣慰一同长大
——它们是亲姊妹,
天天和我同居。

陌生人

停下。你抬头,撞见一个陌生人
他,有你一样的疾病,一样的气质

因为一样,你们越发地陌生
一个转身咳咳,一个哈欠一声

你们,经历同一场病,经过同一棵树下
踩着同样的落叶,抱着同样的沉默

多少年后,回忆起曾经的一幕,你惊讶得
不能自已:原来,那陌生人就是你自己

时光倒流的景象

我 321 次地干掉自己
这个数字，你们
无法想下去

它不是 321
它就是 321
这都跟你关系不大

但为了数数方便，我还是
精简了机构，裁撤了冗员
只留下 3、2、1，那意思就是

3、你已经死定，我开了枪
2、你还来得及，我刚举枪
1、你可以反悔，我不动枪

安静

安静,有它本来的样子
当我们对坐,相视
用潜意识擦洗时间

嗅到梅花
听见雪
之后

我呼出的气息,在空椅子上盘旋
像一枚扎出血滴的图钉
久久不肯腐烂

不肯。是因了这亘久的安静
有罂粟一样的美丽
和蛇一样的冬眠

而一个身影早已飘逸出去
她,手持宝石
和雪莲——

第三辑

灰烬照亮的尘世
2012 年卷

忧伤，我举起这个词

忧伤，我举起这个词
举起它，许多的人走过了许多年代

它轻：只是一个词，一片雪花
但轻的负荷，往往又是如此之重
以至，当我招惹了整个天空
它就会嬗演，膨胀，变重
直至重过了一整座山

在我对面——我时常眺望的前方
突兀显现，旋又隐去的，正是
这山。山——
横亘在
多雨的南方和干燥的北国之间

传说中的龙脉，也系着
这山。系紧了，像一束白绫
系紧了一位倾国女子
系在最致命的地方
系到闭气。然后
突然松开——我非江山，而
江山已改……

江山已改,而忧伤仍无家可归

(忧伤,我举起这个词。
我还举得动它:已属万幸!
多少人早早举不动它了。早早地
脱下征袍,压于身下。早早地
"白了少年头,空悲切"

而我还举得动它,如举起一只酒杯)

桑和槐

桑和槐,两粒魂,两棵树
你们,是我的
亲兄弟

我翻古书,古书上说:
五亩之宅,树之以桑
院前院后,栽之以槐

一阵风,拔起了桑和槐
家乡,倏然消失
蚕儿,因此死掉

此后哦此后,我弹出去的
眼球和手臂,老是黏上
黑暗,收不回……

新年之光

这是,古城雪后的第一个早晨
除夕之舟,已经靠岸
爆竹声浪,已然平息

天空:一只刚刚醒来的
蓝色器皿,枕着寂静
重新为你绽放

绽放那稍纵即逝的欣喜:
我们永恒的空白
永恒的哀伤

还有无所不包的粼粼刀痕:
那深入肌肤的末梢快感
快感下的新年之光

足之钉

天空会把什么倒下来？
浊浪会把什么掀翻？
逃逸之舟会把什么载走？
啸叫会把什么震撼？

站在一群高高的矮人中间
我生满老茧的裸足，只能
钉子一样朝下——
朝黢黑的泥土扎下去……

结束了结束之后

当结束本身可以被
结束,物即
抽身于物外了

久远的那个年代那个夜晚
几位女孩子的啜泣
从屋里漏到屋外
没有谁能接住

屋:一只栖居之盆
羞答答,滴着,漏着
滴漏了整整一个
夏天

当屋,不成其为屋的时候
"天当被,地当炕
野菜野果当干粮"

耳畔响起的那歌声,有
几分真实,几分荒唐
还有,几分懒散
和豪迈

当歌，不成其为歌的时候，所有
口号都疯长成了意志，所有
嗓音都妄想刺破天空

而栖居之盆还在滴漏。我看见
一只肥皂抱紧了污渍
一个身体走出了衣裳

而我
也终于放下自己
在结束了结束之后

三月二日读诗

1. 质询
——读阿胜《罂粟花》

质询,是永恒的箭镞
它——
一代代发射下去
向天空
也向大地

2. 发掘
——读柏桦《嘉靖皇帝的一生》

前朝、前前朝乃至前,前,前朝
的旧事秘闻当由今人
重新发掘、陈展、厘定

如考古人所为:
兄在做这件事

3. 穿透
——读云中狗《自省》

词的利刃,直指内心

穿透的
笔触
是如此强大

传统之中,融入了
希伯来圣书的
瞎想和精髓……

一只蚂蚁爬过了长长的竹竿

石头温暖，嘴唇黑暗
在玄武岩幽深的隧道里
黎明无家可归
时间总是迟到

而谁人又能知道
你是智者眼里的傻子
我是傻瓜堆里的傻子

我们——
傻到不能自已
傻到不能再傻
如是，一切就有了交代

你说：一只蚂蚁
爬过了一根长长的竹竿
它爬过，爬过——
它的身后留下长长的黑暗

我怕我被激起的那颗骄傲的心

我怕我被激起的那颗骄傲的心
它曾属于亿万人中
独一的人
独一的我

它,一旦被激起,一切有用的东西
都将在我轻蔑而匕斜的
一瞥中
顿感羞辱,颓败,腐烂

一颗晕眩于铁栅栏的无尽头的豹子之心
是彻底高贵的,和彻底无用的
它曾属于独一的人
独一的我

这个人,这个我,现在有些害怕了。他怕他被
激起的那颗骄傲的心会因了高贵和无用
而伤敌无数
并伤及无辜

安！

今晚拆成两半
一半冰雪，一半春风

今晚
风吹暖暖，车行隆隆

今晚
向东是海，向西是祁连山

今晚
低头是手机，抬头是明月

今晚独坐大地
向海向山，且道一声：安！

春日小札

一

水在火里小憩，一阵风
卷走了我的草鞋
不消说：天不亮，人不起身
撒野的狗已溜入山中

二

洁牙，沐浴，吻，
深入沟壑和草丛

一只鸟飞离了翅膀
一支歌撬开了嗓门

三

点一支烟吧，趁夜色还没有跑远
拾起那根还能划亮的火柴

划——划——划——

在我身上划出火，划出水，划出
昔日荡漾河里的船歌和影子

四
从你的袖口拽出我的手
从你的舌尖捉回我的唇

雪线之上，杜鹃怒放
雪线之下，冷杉葱茏

我的院落，正在升起桅杆

中午，在故事结尾处打转。
捧着疑惑，我
走不出经验之堂。

溢血的征兆来自大脑。
头绪纷杂，很不堪；
昏厥，很不堪。

一切都在无声无息地朽烂。
切开疏导，已不可能；
堵死，更不可能。

时光流走了。玉兰花开了。
多少大海？多少火焰？
多少房屋？多少瓦片？

我的院落，正在升起桅杆！

关于某种距离的三人问答

你问：从红色到黄色的距离，有多远？
我说：也就肚脐以下三寸之遥吧！
他接话茬：三寸之遥，爬了几千年，继续爬

噢，继续爬。武松过了景阳冈
太阳落山了，我要去睡了
——天亮前，别叫醒我

明尼苏达的雪
——写给女儿

梅花绽笑的日子,你在
等候瑞雪。每一个两三点钟的
凌晨,都是你辛劳的白天

大年初一,你收到了第一份录取
以后还有第二份、第三份、第四份
但心仪的那份,迟迟不肯露脸

欣喜和恐惧,总是交织一起
为确凿的录取备选,你曾流泪一晚
蒙在被窝里哭,不让人知

哦,明尼苏达的雪
下了三天,从密西西比河畔
一直下到长安……

一个知识青年曾经的十七岁

十七岁。一个苹果的阴阳两面
青微涩,红稍甜
脚步比道路更远
家,没有坐标

十七岁。我文而不化,知而不识
在最老的河床搬运汗水
用最旧的办法挥霍年华
卸空的马车上
我扛回了一袋袋时间

十七岁。我一脸秋天,满身落叶
速度更快地慢下来
死亡更急着攀高峰
逃过一劫,站你跟前,说:
一切还有指望——

除了时间,只有时间!

赶在打雷下雨前回家

西宝高速路上,向西;
赶在大雨前,向西;
我的身后是西安前方是宝鸡。

但我要在中途下道;
下了,继续向西;
要去一座小城的西城区。

那是我孩提时的小城,
蚁蚕和麻雀的小城,
也是曾经热火朝天的小城。

很快,车到了家门口;
很快,敲开了家门;
很快,一身的尘埃被淋浴头冲洗。

很快,在哗哗喷淋的冲洗声中,
天上的响雷、闪电和雨水
包围了这座小城。

逝者不告诉你的,雨水也不告诉你

临近深夜。在一个逝者的博客里
读一位逝者的遗作
会是什么心情?

已是凌晨。这时候淅淅沥沥的雨水
教我听懂了它何以叫
淅淅沥沥的雨水

为这一夜的难以描绘,难以合眼
我直想折断我的笔。因为
一切都是那么无能为力

一切又是那么顺理成章
逝者不告诉你的,
雨水也不告诉你。

查理和葛丽娜的小黑暗

一

她小心折那枝枝
那枝子很绿
她叹了口气
她明白枝子很绿
但春天并不属于她

二

他不情愿描绘那枝枝
那枝子很嫩,很绿,很香
他说:嫩和绿、和香加起来
就是一整座春天
但所有这些并不属于他

三

他们有过的唯一一次幽会,空间
很狭仄,很黑。她把它称为
一生一世难得的小黑暗
她拥有这小黑暗
仅只 60 分钟

四

她眼见一片天空坠下来
他说，他要接住
但他已经接不住了
紧跟天空后面的
是一场飓风和一场大雪

五

后来，他在乡下度晚年
她在城里过余生。再后来
打开的旧日记册里跳出同一句话
多好的小黑暗，多好的小黑暗
——现在想起来恍如隔世

有心
——和周公度《有信》

信往有心的方向走
谁,沉潜在水下

作为从水里进化来的人
我使我古老的身子
驮满了鳞的重量
和鳍的力量

五月十一日与公度君夜饮南山下

嘻,不啖肉,不沾腥
满目菜蔬,一盘豆腐
素食三载的周公子
今夜饮酒,可否?
可!今夜好风习习
今夜乾坤无忧

今夜黑光想起公度博客
贴英伦公子韵文两行:
"天上星光又加月光,
照耀那个良辰。"[1]

嘻,梵音悠远,木鱼低回
谁曾与我共"青灯黄卷……"

注:[1]引自彭斯《麦田有好埂》。

黑暗中的寻找

你总是在黑暗中让我摸索,
寻找你所需要的东西。

黑暗,是瞌睡虫的大氅,
有时凉置于客厅沙发,
有时笼罩了卧室之床。

黑暗中,神和我想到的是
深呼吸的特洛伊,
浅梦的阿波罗,
歧路的小青蛇。

但是,这些都与你无关。有关的,
只有彼此的忙、健忘、寻找
和黑暗中一忘再忘
的寻找本身。

而黑暗中的寻找,一定是常态下
的失常之态。它的全部价值
只在于:灯熄了,你却想起了
灯亮时候你所需要的一切

荒芜志

时光荒芜。你说,你不来,但你还是来了。
骑墙者、无奈者、阉割者依次入列,
谁是一百人中的一位?
你又是哪一位?

岁月暗淡。栖身乌有之乡,人鬼焉能分清?!
而你总是唯唯诺诺,又趾高气扬;
总是苦大仇深,又涕零感恩。
扬麦场上,谷糠欢呼!

哦,浩荡啊浩荡,每一回给点巴掌大的小雨,
你就当成了天降甘霖,当成了福泽广布,
当成了叩头拜谢的一揽子长城长江。
我的左眼在跳,灵魂出窍……

日子杂草丛生。你说,你不来,但你还是来了。
从孩童,到古稀,一方魔头拴死了你的
岁月之链,拴死了千万人的也是你个人
的哺乳期、肛门期、幼龄期、青春期

而你既那么抗击抗打,还长得又快又大
快得如此神速,大得让我害怕。
你是,你是,你到底是
一百人中的哪一位?

月儿·小马驹

黑暗中　变亮
静默中　变轻
弯弯月儿
骑着它的小马驹来了

纸上的小马驹
半尺多高
积雪
半尺多厚

踏着雪的靴子瞧见弯弯
月儿，它就径直
跨了上去……

此刻尘世
轻盈如翼

灰烬照亮的尘世

书。今晨的喜悦,昨夜的灰烬
一队逗号,从山后
翻越到山前

光。生于燥热,殒于冷寂
一个句号,从天上
落到地下

开始啦。我喝下400毫升牛奶
开始向这个世界
猛掷鸡蛋

我说:
书,不是人写的,才是书
光,不用来照耀,才叫光

而灰烬
也只有灰烬
照亮了这个尘世

念兹在兹

门开着,朝天!
所在,虚无之门
所有,只是想象

哦,这些瞻仰者的脖颈
早早失却了他们本无
披挂的钥匙

他们惝惶走来
在沾满尘土和泪水
的广场上跪下

他们念兹在兹
号啕,哀恸
发誓永志不忘

而我只是期待。期待
所有软骨组织消亡,期待
落下去,不止一颗太阳落下去

期待时间证明过的,
空间还将继续证明。
期待有周有秦有汉有唐诘问:

哪一朝的主儿
会把自己的陵寝
置于泱泱华夏都城的中央

从词语之黑,到黑的内部

一

寻踏故寺,
在山,山门已空。
折返,临水,看夕阳西下,
英雄的歌声,弭于风中。

二

明月洗目,
沉水的人频频招手,
于风口隐现,在浪尖呼唤,
火光熊熊,野草一夜成秋。

三

星星点灯,
宝石蓝弥漫天空,巡夜者
由远及近,穿戴变幻不定,
突然,汉帝国的蟋蟀涌入大唐。

四

武士峭立,
玺印成群结队,奉天承运,
五谷丰登,只是粮仓紧锁:

"硕鼠硕鼠,无食我黍"

五

饿殍遍野,
三竿旗轰然倒地,幸存者
擦干双目,合紧双手,继续
顶礼膜拜。一碗汤,香飘千里。

六

一觉睡醒,
词语翻身上岸,白纸黑字,
我独喜欢那黑。哦,有一种发掘
可以这样:从词语之黑,到黑的内部。

撬动墨汁和海水的无韵之词
——写给石方

有一刻,天亮着
道路却黑了
人民,一个期待韵脚的
无韵之词
顷刻就迈了出去……

有一刻,地陷了
海水却涨着
那个既没有为什么
也不知去哪里的无韵之词
突然就没了下落

黑时间

一

不久。我的等待
就会发霉
经由一个孔道
滑向另一孔道
而救赎仍不出现
它只待在黑时间里

二

陨石慢慢消瘦
蚕丝一样,
抽空了所有的黑
但黑时间不是时间
也不是黑本身

三

火山灰层层垒砌
如果
你不曾嵌进去
就马上嵌进去
那里有黑瓦黑屋黑纱黑灯

四

洪水号啕大哭
黑山压过来
黑渠掏出来
黑风趴下来
黑石顶起来
黑,拧紧了时间

五

七颗星东倒西歪
地狱之门敞开
在能拧出血的黑时间里
稍拧一把就拧出了
黑幕黑枪黑棺……

六

还有迷惑你的
黑街黑影黑洞。
一朵黑玫瑰悄然为你开放
它不是玫瑰
也不是黑本身

七

又一天开始了
日蚀紧随其后。

黑时间袭来
它说它不是别的；
它，只是
黑时间。

天空墓园

大师们爱用他们无聊的大
来剪切天空
他们剪,小生们跟着剪

剪完之后
我的影子暗下来
道路也暗下来

打个盹,瞅瞅下界
我想我是否用过一丁点力气
在某个墙角
埋葬过太阳

金达莱哀歌
——写给朝鲜诗人张进成

倘你生而为人,仅有祖国是不够的
倘你逃离险境,仅有家是不够的
倘你深陷恐惧,仅有窒息是不够的
倘你了结此生,仅有死是不够的

你的无用的花朵,开在一九七一年
在一场浩瀚洪水织就的寒衾下小憩
你的花朵曾和死亡并蒂喘息。它说:
长眠地下的人,有的血红,有的雪白

哦,鲜艳的金达莱,美丽的金达莱

注:张进成,1971年生,2004年1月定居韩国。2012年,作品《我的女儿100元》入选伦敦奥运会"诗雨"活动,同年获得"牛津文学奖"。

满目青山

想想逝去的亲人
心里就有了储存
一支烟掐灭了再续一支
书页中的铃铛
摇响了一河的桨声

想想远去的日子
双手就缀满花瓣
仔细辨认，每一瓣
都有欢欣的芳香
和藏起翅膀的伤痕

想想明天
皱纹就来拥抱
使劲推开它们——
且慢，廉颇未老
且歌，满目青山

一个人的反省

朋友登门,说很久没见我了
问我这老东西
最近去了哪里

我说这段时间老衲在
深刻反省——

找来很大的盆
接了很多的水
把自己清洗,晒干,折叠
搁进松木衣柜

哈,桂花刚开
是来约我的么

可能与不可能

从可能的锁孔
拔出不可能的钥匙
你又一次被拒在
可能的门外
那些无法还原
的可能事实
依然被不可能重重包围

阴影如匕,四面楚歌

在不可能渡河
的悬崖一侧
有可能的百万伏兵
目睹了你不可能的纵身一跳
哦,大河凝止,鲤鱼上岸
他们惊呼:一切的不可能
皆会成为可能——

第四辑

在时间第七台阶上
2013 年卷

在时间第七台阶上

我不干了。
我跌倒在时间第七台阶上。
再上,只有空阶。

可是——
谁踩着空阶下来?
谁把弥尔顿盲区指划给我?

在神州一隅,
我蜷缩着虚脱之体,
搂紧了人子的最后尊严和呼吸。

而我也知道,
那位只接受神谕的盲诗人,
曾怎样在黑暗中为我们寻找失乐园。

并且,我还想借他的话说:
"一旦那一天来临,
你不要想象我会坐失良机"。

最后的父亲

他知道我为他在省城买了房子
准备在他的晚年貌似认真地孝敬他一回
他知道省城的房子还在图纸上
等候入住还需要两年

但他不知道他已经等不到两年了
就在我完成了按揭首付
他貌似要奔百岁的结结实实的身体
却突然没有道理地倒下了……

他是那么悲伤地告诉家人：
"我倒霉了！太累了！没有办法！"
他凌晨嗜睡中的最后离去，
没有道别，没有暗示，甚至没有痛楚

像一棵老树被莽撞的雷电击倒
让森林腾出一片空白
他的不辞而别抽空了家人的记忆
又如石头一般时时砸痛着家人……

他是那么地留恋尘世
不被暗暗较劲的死神折服——
痛苦中不发怒，倔犟里藏温情

自始至终保有尊严，干净，和感恩

他是 1960 年代的七级车工徐安定
在 1968 年的风暴中迷失，入狱，潜逃
他顽强的步履一刻都没有停息过——
从 1933 年来到人世到 2013 年驾鹤西归

他的遗照是北国冰雪中的一枝梅
他的祖籍是南方稻田里的一只脚印
他的沉默寡言沉淀了一部生命史
他最后二十年的行走绕过了地球两圈

他——我的父亲！我最后的父亲！！

死亡把生命埋得更深

一匹海水涌入杯中
一场大雨拽下整座天空

李商隐和李贺结伴而来
一个捧着蜡烛
一个举着酒杯

时间从日历上滑走
死亡把生命埋得更深……

放下了,就是大好河山

有许多事都可以放下
像水放下杯
花放下香
政变放下玄武门
都城放下长安

放下了,就是休息
在对好时间的闹钟里
有张压低枕头的右倾的脸
习惯了左边的嘀嗒声

有许多事都可以放下
像感冒放下咳嗽
雾霾放下窒息
有天我枕着你的屁股睡去
就当是大好
放下了河山

女儿的月亮和纸鸢
——遥寄明尼苏达

女儿的孤独,我无法进入
女儿的苦,我无法加糖
女儿的月亮瘦下去了
月亮下一片空旷

女儿有恋有爱而无坠落
有赌气有争吵而无升华
她雪莲一样的心
总是悬在半空

女儿是认真的笨孩子
现在密西西比河畔读书
那书也悬在半空
如一只纸鸢

清空

夜里,给静注入静
削一支笔
在灯下书写:
一个人的名字是一团火
一团火是亿万只鸟的大集合
大集合是宇宙清空前的最后一刻

继而,给空填上空
吹一只气球
拎着我缓缓上升
在最远的地球一端
稳稳地落下
那里,亲切又荒凉

一个白胡子老头
走出来
拍拍我肩,说:
扶桑花开啦
你来了
来得正是时候

五月,写一首矮矮的诗

五月
和万能之主打个照面
升上去,再
降下来
坐在矮屋子的矮凳上
写一首矮矮的诗——
噢,矮矮、矮矮的美丽青草
你矮得坚决,矮得宽广,矮得自在

在"天涯何处无芳草"的咏叹下
多少高大的尤物都没有了去向……

一把锄头和另一把锄头不会交换思想

在你滞涩的喉咙里
有一条睡眠的街
它独自做梦
不会随你的咳嗽醒来

旧时的农田
也睡在你的喉咙里
以它的辽阔
忍受你的滞涩

粮食收割之后
海平面升起来了
你爆响的一连串咳嗽
岛屿般沦陷

而时间还在探头
质询:为什么
一把锄头和另一把锄头
不会交换思想

所有被举起的黑暗都曾吻过史前洞穴里的火焰

然而,它
不!
不是!!
不在场!!!
天空的排泄物早已淹没了这个世界

只是寂静还坐着
坐在父辈已被提前三代
预售出去的黑暗和毁灭之上

他郑重其事地说:你好!
你,可以一直好下去!!
一直好到天空腐烂!!!

我是光,在最黑的地方和你打招呼

几场雨后,蛐蛐开始卖最后的嗓子
往事枯萎,香烟一支接一支燃尽成灰
这时辰,谁从天阶下来
谁把风中的篮子和毒誓交代与我

他说:
我的愚蠢无所不在
我的错误由来已久
我只略微知道
我是光
在最黑的地方和你打招呼

一个意大利士兵仍在二战壕沟里低语

要说什么呢?

说一种意志一种服装
说墨索里尼说黑衫党

说噩梦袭来,有人倒挂金钟
说:我们都会中毒,会暴死

但我早已从"我们"抽身出来
不再受困于那根锁链和那枚帝国勋章

我几乎凭意念捣毁了视线里的所有围墙
还拆卸了大片的铁栅栏、铁丝网和铁炮铁枪

我甚至代替领袖站在被时间焊死的观礼台上
检阅黑夜怎么把它们搬来搬去——那些

灼伤又滋养地球的寂静和死亡!

和五门先生侃匈奴人

五门先生师出名门
现在仍镇守着五门

五门者也,客厅作了书房,周围倔犟地立着
客厅门,厨房门,厕所门和大小卧室门

有天朋友小聚
席间侃到匈奴人
我说,曾经
或者公元前
他们黑旋风一样
由漠北袭来,直指长安
又大海退潮一般
连帐篷、马匹、弯刀
齐刷刷地甩回漠北

月光下——
他们鼻梁硬挺,胡茬闪亮
绿莹莹的虎狼牌饰
系在腰间,恰似虎狼

这时候,我的朋友
五门先生插话了。他说

从遗传学和面相学分析
我们中间应有一个半匈奴人
一个是徽州美女小杨
剩下半个是长安黑光

听罢此言,好像有点眩晕
好像一枚月亮吊在汉朝的竹竿上

没有一块石头留在石头上

水不能喝了,牛奶有毒了
刚刚诞下的健康婴儿
被硬说成病婴、死婴
他们偷着拿出去卖了

深更半夜,我读塌报纸一角
读出钢筋萎靡,玻璃粉碎,读到先知
宣喻报应之日:飓风卷走大厦
"没有一块石头留在石头上"[1]

注:[1]语出《圣经·马太福音》24章2节。

我的身体里驻满了四季

多年后我依旧荒芜多年
仰天星看累了继续翘首仰天
脚下滑一跤自然感谢脚下
水里呛几口更习惯待在水里

四季如幻，我的体内驻满了
颗粒一样的春夏秋冬，而
时光是一把锋利的铁锹
挖出多少又填进多少

君子兰在诵经
——卧床前的几个断句

一

鸟使天空变窄
钟声让时间有了归宿
压低嗓音后,十万大山告退
耳畔,有圣者把寂静搬来,置于案头

二

睡吧,火在纳凉,蟋蟀在饮酒,君子兰在诵经
而夏天在手,秋日在怀,冬季已伸出它绵软的舌尖
窸窸窣窣,听——
百叶窗在偷窃雪花

三

比消失的匈奴更远,我们不说春天
一枚针,缀接起了两个极端物事的桥梁
你在桥东,我在桥西
何物何事?你知我知

四

路,瘦到骨头还是路
风,倒塌下来还是风

我捡起过,也扔下过,这些让我
哑口无言的真相,我真蠢,并为这个蠢而感动至今

彼此心上的故乡
——遥寄明尼苏达（之二）

在时间洼下去的湖泊里
父亲船和女儿船同时
抵达：两支桨同时
划响一条河的记忆

嗯，这是条血脉之河
女儿的曾祖父搁浅在五十六年前
女儿的祖父停摆在今年春天
长空下，悲情和伤怀垫高了河床

而时间依然安详，温暖，敞亮
它娓娓地告语：只要还有水
还有阳光，父亲和女儿
就是"彼此心上的故乡"

心上和纸上的阿斯加
——为诗人东荡子祈福

诗人安息,
或者,
他只是小睡了一会儿。

在睡眠时取下的,
他放在心上;
从心里流出的,
他放在纸上。

满纸金黄,
衬亮了人子四周那么多
小小的寂静和小小的黑暗。

让他睡一会儿,
再睡一会儿:夜空闪烁,
阿斯加的秋天,
还是那么深邃,美丽。

古塔
——编纂《文物志》随感

古塔，貌似雄伟
就立在那里。
你去了，它在；
你不去，它还在。

有人假装不去而去了那里。
假装地
数它的叠涩出檐，
数它的单抄斗栱，
数它的菱角牙子，
以及它的
层级，券洞，阑额，倚柱……

数累了
就假装地趴在宝珠顶上，
赞美两句，或叹息一声。
而去年的燕子
被节令召回，
它们盯着古塔
盘旋，俯冲，昂起，穿越……

它们是自自然然回来的，

不像我，是被迫而去的。
去了就要假装，
并以假装，数完我的一生。

家国之咏

之字好写。
写不好之字的人,
就是睁眼瞎的穷跛子。

我睁眼瞎已经很久了。
我看见的,
都是我不想看见的。

我看见了什么?
看见了广袤大地上的
两个字。

看见了两个字里的
牵豕溺水的人,和
抱玉焚火的人。

而豕在屋下,
玉在怀,
就是家国啊……

冬日加冕

总在好的面前任由坏的驱使
也总在登顶之后
向一湾溪水致歉

满坡的蕨类兄弟都是我的亲戚
上苍把奖掖它们的天光
也加冕在我的头上

伸开双手,蝴蝶就来了。仿佛
迷醉我的仲春只在
某个冬日下午呈现

路边的石楠已亮出花椒一样的
籽粒:我愿意就此睡去
听火焰被寂静淋湿

低谷

你有理由相信：凡表面
拒绝的，大多是内心所向往的
正如足与路的角力，树与根的背离
每一次完成都是一种丧失
每一座整体都是一个局部
循环往复，高塔举起低谷

睡眠

认识天道地理,是你的福
把身段放下,睡眠就赶着来了
可以裸睡,也可以和衣而眠
略微想事,数日子,默念几页书
万事顺遂:天黑,让它黑去
天亮,让它亮去,你只管鼾声枕雨

英雄的完成
——纪念纳尔逊·曼德拉

抚摸相伴二十七年的铁窗
像抚摸结疤后的伤口
他相信只有宽恕
才能熔尽那些禁锢自由的监狱之铁
同时也化解了阻碍灵魂的内心之牢

他超度了。从被终身监禁
一跃为国家元首,耳畔
响彻胜利者的欢呼,但
他却说:我老了,该回家了

自由,曾经来得如此之迟
以至他额头上的皱纹
犁一样划过他祖国的肌肤
深深嵌入黑非洲最南端的好望之角
让光辉岁月定格为海上航标

如今,在两大洋合拢的怀抱里 [1]
他已放下 95 岁的残躯
归家了:永诀肉身,只带回一颗心
而这时节,恰是他祖国的夏季 [2]
有一种温热正漫过北半球寒冷的冬天

注：[1] 南非共和国的东、南、西三面为印度洋和大西洋所环抱。
[2] 公历 12 月和 1 月是南非的夏季。

飞翔

今晚,隔壁的猫在打鼾。月亮
不偏不倚地挂在中天:有一层白色
晕圈围拢它,幻觉中还有成群结队
的蓝歌鸲无声地穿越过它——

那是某个深秋暮晚,还是那匹月亮
悠闲自得地骑在中天:突然我有了
飞翔的感觉,想象中我从很久以前
的红浆果枝头跃起,一下就穿越了

黑夜的马群,和黑暗本身……

冰点

整齐,始于一次击鼓。而
没有缀住手的整齐
始于一场消失

雪落下来前,已经预购了消失
购单就存放在我的行囊
我一直秘不示人

满世界的霾和艰涩的脚步
构成另一种消失
宏大,并且罪恶

遥远的喜马拉雅扯开一匹幕布
佛在其上隐现
搓动一串念珠

冰点已至,雪还没有落下
我每天听着空气中的介质
絮说过往的历史……

行走

在人世间寄身,你获得
行走的机缘
行走:是风在行你,路在走你

风,本是你
内心的魔兽,进进出出。路
却是双脚的寺庙,佛陀
就嵌在你的裸踝上

行走——
每一个脚印里,都有小僧禅坐
风过,每一次拂面,总有梵音回荡

天宇暗下来的时候,你
还在行走
从菩提花开,到银杏挂果
山门始终开着:候你——

一切事物都有光

祭如在，祭神如神在
我看见，一切事物都有光

一生腹稿

诗是一生腹稿
有时要写出来
有时只需压在心底

诗是黑夜里兀自汹涌的大海
被自己撬动
被自己平复

海平面上站着安静的哈姆雷特

诗是一尾鱼

诗
是语言垃圾中
提纯的那一部分

甚至,它
就是以垃圾的形态
隐藏了本体的自己

月光下,我翻腾过
一片接一片的
空旷的垃圾场

时常,我一无所获
转身,它就在那里
如沉潜的一尾鱼

第五辑

月亮戒指
2014年卷

时光和诗歌之旅

折叠好了风,再折叠起尘土,连同
每一岁的 365 个日夜齐齐塞入行囊:
一年很少,一页很薄,一枝很轻

这些储存给子孙的温暖
经过半个多世纪打磨
逸出清清的酒香:她来了

从"关关雎鸠,在河之洲"
到八百里秦川,五谷丰登
我看见时光和诗歌同在,并攥在

攥在一位长者手里——
我们相识已久
相识,但从不搭腔

铁
——写给李煜和稼轩

灯下,李煜和稼轩
常常与我做伴,我是
荣幸已久,感戴已久

我总能掰开自己
分赠两位,也总能
合二为一,融入两位

我是铁了心了凭空
打铁,并将空空之铁
铸成皇冠,加冕两位

我总能胡诌一些意向
拼凑一些历史,只因
铁和皇冠无缘而与乱世有关

乱世成铁,你痛惜的家国
不曾是你的家国,你感化
的泪水也都是无用的泪水

考古者

已从，死亡中拽出更多的花朵
它们在笑，用生命的余烬
支起现世的寂寞

已从，冰川时代唤醒最古老的孑遗
它们起身，以倔犟的骨骸
搭救往生的肉身

已从，破碎之舟捞起沉陷的大海
波涛依旧，有人高擎风帆
拧亮星星的语言——

世界从来完整，何愁万物老去

家族史的一页
——写于父亲忌日前夕

父亲走了整整一年。八十高龄,定格在人生的跑道上
去岁百日之祭,我掂起父亲骨灰,携妻带母
星夜赶回故乡

绍兴,虞江畔,琵琶山上——祖父长眠于此,父亲安息于此
奔波几十年几万里后,所有劳累都装进了小匣子
——寄存于此

此处很黑。长明灯很制度地亮了半晌
墓门石很秩序地封了半晌
一部家族史的一页,中国史的一行,世界史的一字
从此,很安静地被长夜阅读——

时间啊,整整一年很江河地流淌,很船夫地划桨
自从走了父亲
整整一年,我很不情愿地成了徐氏家族唯一
一位享有"父亲"称谓的很男人

阳光辞

二月。风伯牵着太阳信使
一路播撒雪花
田野里磨叽一冬的青麦
终于可以开怀畅饮
唱一曲"大地回春"

二月。每一片舞动的雪花
都是一列火车
载满久远的故事和福祉
在头顶欢叫
从面颊上驶过

二月。院里的花椒树爆出嫩芽
红豆杉紫丁香也跃跃欲试
墨汁唤醒纸上的月亮
你从一只鸟里回来
往事盛满温暖……

无他

来了。一拨拨地
都来了,循着可能之道
了结可能之事:那些
被风禁锢的风,那些
被水渴死的水,那些
瞳仁里再也射不出来的光
那些族谱上消失的名
以及湿淋淋的火焰,梨花,桑葚
和干巴巴的眼镜,耳麦,胡杨
来了。它们都来了,循着
可能之道,了结可能之事
鞋:除你之外,再无其他

一个词

三月。证件遗失身份
日历扯下冬天
贿赂死亡的人
已被死亡带走:像一个词
毫无顾忌地遁入另一个词

而在时间的另一岸
在拆一为二的两册
互致敌意的影集里,我触
到了这个词的初始定义和
它无所不包的终极隐喻

一个词,可以是独一无二的词
一朵康乃馨却是所有的康乃馨
你信或者不信都没关系
天黑了。天越来越黑了
贿赂死亡的人已被死亡带走

沁沁园里

风过之后
梦,非梦
都在你的枕畔集合

似醒非醒
你的姓氏游走于你的体外
你的旗帜蹲在你的屋顶

沁沁园里,花在花上,水在水中
剩下的雪泥,砺石,鸾镜
皆由鸿爪领取——

晨曦之车

拂晓。往事停在遗忘的拐角
白玉兰敞开晨曦之车
石楠伸长柔嫩的手臂

山河返青,风伯敲门
我喜欢的三月
送来一年中最晴朗的日子

诗人的行李和建筑师的语言

漂泊海外。北岛说：
"中文是我唯一的行李"

搭台建屋。路易斯·康说：
"砖，你想成为什么"

水晶之夜

在一片熟睡的荷叶下方
你伸着我的手
掏你的心

你掏,使劲地掏,你会发觉
你掏出的都是会游动的
蝌蚪一样的水晶

而鱼在水面冒泡
蛙在泥里聒噪
不知不觉,天就亮了

云寂寺的钟声

皇帝不到的地方
有一座"云寂寺"
多么安静的名字

　　——题记

那口久远年代的大铁钟
等候了我们900年

等我们到了,山门却久叩不开
等跑出汗的钥匙
从村里赶来,西边的云朵早将
巨幅黑布折叠到了南山

不觉中,响雷和闪电
自黑布上滚落,雨和冰雹
也掐架似的开始巡演:一场浩大
的迎宾式就这么搞定了

这是4月3日下午的云寂寺
为一口铁钟我们远道赶来
赶到了,寂寂的云也醒来了。只是

跑出汗的钥匙并未感受到天气变化

只是，当我们看完铁钟并挥手远去
才记起"为钟而来，竟忘了敲钟"

一条缠住时间的蟒蛇

他脱下幸福的外套
与苦难拥抱

他把光嵌在额头
黑暗拴到脚上

他内心有钟
指尖上有风暴

像一条缠住时间的蟒蛇,他们
仨人撮合一起:昼伏夜行!

春风辞

我们上山去,她在家中沐浴
我们登顶后,她刚好描绘了日升

我们抬高眼睛的时候
她微启的嘴唇又翕动了一下

我们是被一阵风吹送去的
那风绵软,悠长,出自她的口中

清明之伞
——赏卧龙寺白牡丹

寺是古城一景,花是寺中一禅
白牡丹撑开清明之伞,伴扮花丛一魁

细雨中,香客和众僧紧随方丈
列成逶迤之阵:一圈圈行走
一遍遍念诵"南无阿弥陀佛"

吾心觅香,焚香,拜香,披着雨水
反复斟酌着地藏殿前的白牡丹……

古意

一

美人安寝
月下,悬一香囊

二

松子落地
掌心,噼啪几声

三

风扫天街
案上,涌起雪丘

四

大海醒来
杯中,梨花万顷

翻开的书

雨在站岗,黑夜在搬家
垂柳收回一河滩的许诺
把野鸭子赶回河里……

河面上
久远们搂着久远叙旧
消失者围着消失叹息
只有你扔下的书
依旧翻开着
被天空阅读

日子又瘦了

日子又瘦了,雪落在四月的北国。
从不同的方向往回走,
我们踩到了同一纬度
的同一座村庄。仿佛
世界是一口尖底铁锅,我们
都是朝下滑落的沙子……

风,一阵大过一阵;
麻雀们飞起又落下;
时光之舟在体内停泊,
云杉、侧柏老到褪去胡须。
举头望去:每一座山峰,
都像是刚刚出土的灰黑陶罐。

时日

一个死过三次的圣者
他,依然活着
活在时时坍塌而又日日增长
的"时日"里

时日,你要仔细琢磨这个词

手臂
——回溯 70 年前的一幕

想想吧,我们
球不顶的"有用"赶走了多少
了不起的"无用"。想想吧
一把盒子枪上
聚集了多少匹奔袭的蚂蚁

它们在打仗,而高过它们天空
的国军连长之躯早已冷却
——那双曾扣动扳机的手
再也扣不动什么了

只是至死,它还紧紧地攥着那把
射杀过十几个鬼子的盒子枪
任凭数不尽的蚂蚁在露出
白骨的手臂上争相啃啮……

岁月之刃

我们都在割裂的砧板上跳舞，赤裸的
脚丫，不时地被缝隙里伸出的木刺
扎痛。而刀子晃在空中
被自己攥着——它不会轻易落下

自始至终，我们都在用另一把刀解决自己
它栖居腹腔，游走于心脏。许多时候
疼痛，舔舐了彼此的倦怠
又鼓起勇气，夯实了各自的厚道

待我们从谅解之洞爬出，才猛然发现
世上还有第三把刀悬在眼帘之上。这是一把
安静的岁月之刃，闪烁，但不刺目
它古旧的主人，时而是上帝，时而是撒旦

晚宴

来——
他来到你们中间,来到
剥夺者为被剥夺者
设立的庆功晚宴上

他想象
每一回盛情款待都是一次
献祭,一次毁灭,但
他还是接受了

接受——
是一次死亡馈赠给
另一次死亡的最佳礼物
"你们统统拿去吧"

山中

在春天的背面,你收获五十朵梨花
在阳光腹内,我感受一头雾水

暗黑,是一出大戏的收场
趴在山顶,我们
抚摸同一片月光

人世清寂,体温渐冷
我们还来得及做一些
可以做的事情

比如焚香沐浴
比如剔骨葬友

注:"剔骨葬友"典出李白迁葬吴指南轶事。

空穴有风,你要站在高丘上

空穴来风,它只向纵深吹
风
没有性别,没有年龄,没有颜色
甚至没有形状
但大自然的手
赋予了它赤、橙、黄、绿、蓝、靛、紫
的七种功力和
黑与白两种幻术

它无时不刻地施展浑身解数
把天磨成圆,地削成方
季节犁成四大块
每一块都搁置在
水、沙、土、石的脉络上

它来,它去
都有定时、定数和定力
它一切从无开始
到无结束——无往而不胜

空穴有风,你要站在高丘上

失去祖父和外祖父的静

静，去夏走了姥爷
今夏走了爷爷。这个世上
最疼爱静的两位老人
在不远的两个夏天
都走了。走得恓恓惶惶
走得泪水涟涟……
小鸟一样美丽自恋的静
从此再也飞不到
那两株
老槐树上去做安逸的梦了
静的翅膀两次变白
静的忧伤只有
静自己掂量

灰时空

她，走过来后
成为了他

你，在我之后变成了我

灰时空中
每时每刻都在上演着指代变幻

何斯人

河山淡去。一匹
小马驹衔着苡苡草回到家中
六月金黄,九月嫣红
十二月的朔风吹瘦了栅栏

闪电划过。水在
一叶手帕里清洗盐粒
云倚在雪峰肩头放牧羊群
三月青涩,谁的目光温润如饴

思想·沉絮·手艺

一
流亡者
大多有包裹一样甩脱不掉的思想

二
一前一后
两撮沉絮顺着穿堂风拐入书房
攀附在我的脚边

三
在精湛的手艺面前
最小的缝隙
也会成为最敞亮的开阔地

雨是天空坠落的雕塑

一只大卫的鸟栖息月下
两只维纳斯的手悬在空中
日子被黑皂角洗白
又煽动着白翎驶入黑夜

耶路撒冷沉陷两千年后
大理石之水开始从天空泼下
起先,米开朗基罗
看到了这一幕,接着
全人类看到了这一幕

于是,我们不约而同地说
雨是天空坠落的雕塑
只是断臂美人的故事
似与此无关。只是大卫醒来了
而我们却想沉沉地睡去……

你的行踪漫山遍野

我刈草,除尘,拭目
与爱我的人隔空相望
在暴雨抵达之前
腾出体内所有的地方

我不担心脑袋进水
也无所谓肠胃受淹
在骨骼林立的大城堡内
情愿被一只小兽掳走

小兽,小兽
我心中的黄金老虎
在暴风雨肆虐的夜晚
你的行踪漫山遍野……

那时他颀长的影子就是国土
——致祭太史公

呜呼,天塌下来前
天已经不是天了

像所有不是错误的错误被错误咬定
黄泉路上,他有太多并非遗忘的遗忘被遗忘拾起

于是,被剪去头颅的蕙兰开花了
开在一个隐姓埋名的大时代夜晚

而那时岂止马蹄、箭镞、弯刀、烽烟狼卷
就连他剪不断理还乱的纷纭愁绪

和他浩浩荡荡的颀长影子
都是我们心中的国土……

黑暗,为夜行者储存方向

迟早,我会从我扎营的地方走开
炎炎夏日,我已经很尽力了
但为什么脚心很冷

我有一些东西需要清理
还有一些物件需要保留
我最不肯带走的恰恰是记忆

记忆有如黑暗店铺——
黑暗不出售方向,然而
黑暗一直在为夜行者储存方向

母难日

那一年，我坐在一叶草纸上来到
人间，代替早夭的哥哥重新
活在母亲怀里……

后来母亲说："生子是母难日
每个产妇床下
都搁着一口棺材"

母亲还说："那个晚上，你早产了一个月
产在家里。脐带，是隔壁晁妈用裁衣
剪刀给剪下的——多亏了晁妈"

今天，离"那个晚上"整整过去了56年
母亲老了，我也渐渐老去。然而
老，不正是一种宏大的回馈么

宏大之中，储存了多少大海和天空，还有
感喟的沧桑，折叠的风和泥土，以及
缝缀衣扣的数不尽的细针和细线

这些针线，曾在母亲的指尖穿引，丝丝缕缕
都是江南的稻穗和北国的霜雪，所有这些
都是我享用不尽的福祉：它，源于母亲

金龟寺
——踏查文物点走笔

金龟寺,晴好天
格桑花开得正艳

神的小龛,色的花瓣
尘土上钤满僧的脚印

风的檐檩,塔的裙下
我是落在人间的清沙

老，就是潜回童年

老，就是潜回童年
甚或皱巴巴的脸一如初生婴儿
的粗糙样貌

但他们不信，他们不信
他们把永生当苹果吃下

剪影

他被铁矿石辞退
被租金驱赶
被病包养
小小年纪就经历了炭火
煮沸的人世沧桑

人世：一口丰润的枯井
曾润在口沿上
枯在井底

荒草无言
石头异样涌动
频频置换的血
正把艰涩的黎明铺向天边

对敲

五十年光景沉淀在
一杯水里——
世事淹得半死
道路找不到北

但是,门一直开着
顺着穿堂风溜达
过往的魂灵
依然清晰如初:

玛丽"后院的紫丁香开了"
铁蛋"那把弹弓找见了"
燕子快来,梁子快来
都来都来,我们对敲

像一支股票的操盘手坏笑地
坐在暗室里对敲
银屏上荡起波澜
五十年光景突然发酵

还有顶拐子,挖坑,跳绳,骑马坐轿
矮下去的祖坟站出
一排排变高的姓氏
有人退场了,有人继续对敲

暗黑为桨
——读老闷《告别》

暗黑为桨，
在布满丛林的额头上
剃度无所不在的阴影。

布满丛林的额头，
也正是我的额头。

卸下包袱，"可以轻松了"
但这一刻，你的手
有些微的颤抖。

你接着自语："一些惦念，
可能还会延续：
陕北零下10度干冷清晨的山峁攀爬，
黄河边4元一天房价的土屋地上的陶片，
巴山腹地又一次无收获的疲累返程。
都会过去的，连同依附于惦念上的一切"。

天暗了下来。
你的手，有些微的颤抖——
都会过去的，连同依附于惦念上的一切。
所有语言都显得苍白和多余，那就沉默，仰望星空后的沉默。

月亮戒指

秋夜雨中的行踪
属于三个不相干的人
他们互相热爱,遥距千里

南山下来的长老
背负两千年的碑帖和松柏
他累了,想讨一口水

洒家有井,还有深深庭院
那是在绍兴府,光绪年间
而水和长老,在十三朝古都长安

秋夜闪烁的行囊
属于月下独钓的人
但鱼儿潜底,至今不肯上钩

北原沉睡的骠骑将军
梦中仍念叨大漠匈奴
他也累了,口齿间挂满月亮

而月亮有五十克光芒无处存放
她需要一个更小的匣子
小到只能放下一枚戒指

回眸 1945 年的中国

看见
烟尘一样幻化的铁血和洪流，也看见
人丛中弹出的营帐、碉堡、坦克、飞机
的残肢和碎屑

看见蘑菇云里绽开的紫色、青色、黑色
的鬼啼和狼嚎，也看见乌鸦背上
几颗脱下冰雪的头颅
及牙齿

看见密苏里号战列舰托起的大海
和海鸥的欢叫，也看见华夏重光
落定于 28 个行省
以及西藏和外蒙

看见凯旋的军人和民兵，也看见一片美丽
桑叶完整地嵌在世界版图中央——但安宁
只是片刻，而
世事如叶，片片都在风中

雪地里的一枚蹄印

一个失踪者把失踪带来。
他,不能确定失踪。
带走了,
也不能确定。

失踪,是一缕青烟消散后
的过去时回忆。
回忆,而
不是呈现。

就像雪地里的一枚蹄印,
可能是神祇刻意布设的虚无之词。
是词,而
不是回忆。

虚无之词向天空洞开,
洁白而温润——
什么都醒来了?
什么还在消失?

金缕鞋

可以更快地慢下来
可以更久地保持一点累
可以搂紧棕榈树
枕水而眠,可以
扛起遗忘把老病和江湖踢开
可以点支烟享受独处,可以
招呼风中的里尔克和
水里的保罗·策兰
可以拿一瓶李白敲打黑光
可以拾掇头发丝编一双
金缕鞋。但是时间啊
时间,早把你拴在了
李煜的韵脚上……

第六辑

今冬无雪
2015 年卷

故园

卸下肩上的城堡
卸下冬天
一株重新活过来的红豆杉
在风里眺望你的视界

你的明眸深不可测
像海水覆没
我们内心的岛屿
覆没旋转的星空和大地

我从一爿微启的唇里
吻你洁白的牙齿
听见春天的声音在齿间叩响
故园的鸟儿在枝头嬉戏……

而你又转过身去
循着百叶窗的格子步回童年
一滴额头上沁出的水
在夜空闪烁

今冬无雪

永远。你在预定的时辰到来
怀着空无的爱意,覆盖
我卑微的山峦和土地

你有纯白的颗粒和羽毛
零碎,而整体。你总是
以遗忘和我保持距离

有时我醒着入睡了:想着
你今冬不来:想着你一定
是被谁恼怒过了:很生气

很生气。一如我现在的样子
写着没有翅膀的句子
没有一句能够抵达你

老街故事

下午我吃下一个橙子
出门。在消失的
老街对面琢磨
人该做的事情。

有什么事情该做？
除过不该做的我都做了。
做了怎样？
不做又怎样？但见：

狗跟着狗屁股走远，
鸟借着鸟毛升天。
还好，灵异和真实
原来这么简单。

寂寞与喧嚣

寂寞。他们把寂寞当酒喝了
把深水湾裸露的礁石当女神祭拜
在性器喷薄的毛草地上点火
烧荒,掘出恐龙的蛋
当真理孵化。他们醉倒的时候
茅台和五粮液还没有诞生
山顶洞的母亲尚在做梦
绍兴师爷和他的女儿红们
正走在5000年后赶往京城的路上
他们醒来的当下,日历已经
狠狠撕下了一个时代的寂寞
狠狠地,他们并没有咸鱼翻身
狠狠地,他们有比被撕下寂寞
更寂寞的辛酸、失望与喧嚣……

无数青山

午休,好时光。
在尘世的床上
他要摆正他疲倦的身子
和他沉重的鼻梁。

他要好好喘息:
喘生,息死——
不念天高地厚,
不管今夕何夕。

他要睡成一阵风
从你体内穿过。
在床榻的小船上
载走无数青山。

勋章

生铁炼成碳素钢前
动把不动
留在了这里

火是先贤授予的勋章
我们人各一枚
佩在肩上

春天了。你不去,她依然会来
静静的水下有一尾
静静的鱼

院中,紫叶李开花了
它是第一次开花
嗯,第一次

醒和病的历史

床上摆满她的醒
汤药里煎着他的病
一朵春天粉红了一树枝
鸟送来了飞,也送来了坠落

他被静弄醒了
她被咳嗽安抚病了
几朝代夜晚漆黑几汤勺药
蹦起来的是灯,退隐的是陛下

今天好天气

今天天气好得一塌糊涂
好得像爱一样绝望
像诗一样无用

今天风被蚀掉了下半身
它一步也走不出去
被待在家里哭

今天水是最尊敬的客人
被从一双眼睛送入
到另一双眼睛

今天所有好都不用好了
有了好天气就够了
有够了就够了

但你为什么还要述说

暮春杂记
——写给吴晓丛兄

一

小病初愈。在一个褐色早晨醒来
在紧邻阳台的玻化砖上做俯卧撑
记忆是一把伞,往昔是雨滴
风从后脚跟爬到前脑勺来挠痒

二

已是暮春。有多少骇俗的
故事在默默滋长……
瞧,棕榈垂下金黄的穗穗
像五月的麦浪把大地烘烤

三

时不我与。但请告诉自己
要慢下来,尽快地慢下来
读书,写字,行走。突然想到
年华似水流去,岁月静好如初

剔牙

说出你的病,藏起你的健康
这个世界就太平了:不唯
青春而青春,你仍停留在十八岁
不唯幼稚而幼稚,你还拥有八十年

当时间的盘盏把岁月之鱼端上来

你能做的依旧是:洗净双手
拿好筷子,悉心剔除那些可能
哽住咽喉的一根根尖刺,并选取
其中最结实、锋利的一根:剔牙

五月之舟

五月。飞升者预备坠落
生与死携手打擂,河山
推开风景,墓碑站在
风口张望:送葬之列
紧随迎亲队伍,唢呐
吹响自己也掩埋自己
鞋子丢到对岸,青草
漫过天涯:某天,我
从一间诊所归来,想问
一别八年,你们还好么

青砖黑痣

雨后的西安,天有一点蓝
风从塔楼上吹过
树和我搭肩,说:
城是有翅膀的,是那种带有
咸腥味的青砖的翅膀——
在古代,它成就了帝王的雄心
在今天,我目光所及的一小块
空地上,它只是一枚青色印记
如同我左臂上的那颗黑痣
总也飞不出我的身体

我已数九寒天,你们继续盛夏

一个扛起自己上路的人,不想再回头看一眼:这些
易朽的房屋,有毒的资产,冷寂的名讳
以及掉渣的时间和空间

一个人在夏天打开严冬之门
在少年的额头
贴满雪花的标签

然后手持蝮蛇和腊梅
像一个好运气的强盗
有着被通缉而不想逃走的怠惰与安详

他说:已经够了,非常够了。所有往事都是
打不开页码的压箱底的书,扉页上只有
一句:我已数九寒天,你们继续盛夏

蓝色故事

你是从地面抛向天空的雪
是竹竿一样
被折断的某个傍晚时辰
是桥的两端涌向
河心岛的蓝色故事
是杯子里取出的杯子
斟满空无中的空无和寂静中的寂静
现在,所有的明亮都明亮过了
剩下漠北草原一样广袤的黑暗
被你打点行装,卷成铺盖——

纸上春秋
——少年忆

左有桨橹,右有稻香
一溜烟功夫
河卵石和鱼们又回到了身边

水中年华,纸上春秋
风被夜色翻遍
像一只眼睛把一万卷书看瞎

慢慢走
——生日自题

"大跃进"之年,黑暗撕下了面具
没有翅膀的都上了天
小鸟们却东躲西藏
生怕弹弓射出的泥丸一不小心
就击扁了自己的脑袋……

"大跃进"之后,饥饿大行其道
外省来陕讨饭的人密密匝匝
他们拖家带口,大都来自
安徽、河南、甘肃、青海、四川
陇海线、宝成线忙得一塌糊涂

"大跃进"给了俺"进"的名讳
恰巧跟在"徐"的姓氏之后
二十年后西北大学考古班举办猜谜
有奖征答,第一道题就是:
"慢慢走,打一个当代人名"

我脱口而出,本人在此。后来
我常常自言自语:一切
都慢慢来,慢慢走该多好啊
慢慢来,老街老店不会转瞬不见
慢慢走,生命不会迅速消失

星星们都去哪了

今晚的月亮,像一只甲壳虫
停泊在淡蓝色的叶片上
海很遥远
风也吹不动它
蟋蟀在树下洞穴口站岗
蹒跚的老羊忆起童年辽阔的快乐
偶尔仰头:
星星们都去哪了

这里

一遍遍地说,我在这里!
陌生之地即是这里,
别处也是这里。

一个怀揣快乐的巨大空洞
也匾额似地
悬挂这里!

月光

朱湘的月亮旧了
李白的月亮旧了
黑光的月亮也旧了

有多少月光死在昨天
死在民国，死在
更早的唐天宝年间

月光死去活来
还是昨天的月光

安抚

从窄处挪到宽处
不拖泥带水
一个人
只是一个人

屋顶上滚过秋天的雷
有人把梦扔出窗外
有人甚至
扔出了床

但痛还是痛
被痛安抚久了
痛就成了朋友
瞬间绽开

宿命

九十九颗牙齿被上帝摘走
手套在等候手的进入
羽翅由黑变白

所谓宿命
不过是甲地到乙地的一段行程
被一枚邮票孤独地走完

此生

试想此生过后,
再无此生。

此生博大,
可砌之以月,
筑之以年,
垒之以世纪;

此生狭仄,
可减之以日,
消之以时,
亡之以分秒瞬息。

此生何为?
唯此生自知。
也许此生过后,
即是彼生。

彼生为岸,
此生即是舟楫,
终得逆流而上。

自由落体

"没有比自由落体更亲近
自然的本源了……"
他这么想想后就坠向河床去了

笔直地坠下,没有停顿
途中,擦了一下老鹰的翅膀

老鹰志存高远,正朝天空飞去

延川"麻汤饭"
——踏查文物点宿营即笔

太好吃了
想起来就垂涎三尺
其实好吃
就是三尺之上有青天
上苍眷顾你
饥饿拯救你

夜行黄河桥
——写于《文物志》踏查途中

页岩兀自成书，军渡镇
在对岸招手
已是亥时，流水
淌出流水的寂静

这是十月十五日之夜
五人踏桥过河
竖排成一字队形。突然
坦克履带一样
上百辆载重油罐车隆隆驶来
一辆，接一辆
贴身而过

桥，剧烈颤抖
恰如页岩翻动
翻出"世界末日"字幕。见状
三人准备撤离
二人迅疾逃离

桥，愈发抖动
坍塌随时发生
我想起南斯拉夫游击队之歌

和轰然倒下的卡桑德拉大桥
一种昭示恐惧的兴奋
立即窜至后背……

桥，还在颤动
我已随队撤离
只是，担心可能坍塌的恐惧
一直挥之不去。只是贴身
驶过的坦克，至今置换
不回载重的油罐车……

山是一只飞不起来的鸟

山是一只飞不起来的鸟
最早,它藏在海底
后来,它伸长脖子
露出硕大的冠和尖尖的喙
并高亢地鸣叫过三两声
再后,它把臀以上的身体
挺立给苍天作半裸模特
得到的训斥是:竖子冥顽不化
最后,它老了
羽毛一片片脱落下来
我们称其为"山石滚落"
嗨,这只鸟
这只老得不能再老的鸟
到老也没能飞起来……

沉寂

纠结于头发丝缠绕的霉变历史
一些影像模糊了
一些却更加清晰

霉变是一剂毒药
历史是拷走双眼的警局

剩下的躯体被时光切割
被事件洗涤
拷贝成
灰烬一样的沉寂

立冬辞
——遥寄明州女儿

从今天起,爸爸的
内心开始升起暖意
雪莱说:
冬天到了,春天还会远吗
那时候他还是个孩子
但说出了这一句话后
便成了全世界的诗人

雪莱的名字音译得很好
你听:雪莱——雪来了
白花花的雪,飘暖了天下孩子
爸爸四年前的《病中纪事》
也曾提到"想写一首诗了
——就写:
秋的身后是雪
雪的身后是小孩"

那一年,爸爸被病痛折磨
在医院做了手术
术后第五天仍然发烧
这一天恰是"立冬"
爸爸病床上收到许多

远方朋友的短信祝福
其中一条爸回复道：

"来到这个世上，
一切都有定数，风雨雪霜，
之后，便是阳光"。于是
就有了"想写一首诗"的感觉
你看，就这么简单：冬天到了
雪莱——雪来了
白花花的雪，飘暖了天下孩子
也飘暖了一颗做爸爸的心……

世间

世间这么窄
有人倚崖行走
这么纷杂
有人弃家出逃
滑坡
塌桥
沉船
坠机
逆风墙支离破碎
迎刃者血光飞溅
下午接着傍晚
我写下这些字句
放下块垒
看星星闪亮

暮晚

我们的城市个个肥胖
孩子也个个肥胖
如果有一个瘦的
一定是在教堂受洗过的那个小孩
他的两条细长腿像一双筷子
总是替我夹起青菜一样清淡
的礓磜小路——
在暮晚的斜坡上

一本旧书

指尖划出青铜的声音
纸上有梅香逗留
一本旧书
读过我后
口味便加重了许多

我是你没见过的灵异字符
蝙蝠一样
从石洞里一只只飞出
其中一只名叫梅花
另一只就叫青铜

这会儿它们越飞越高
变成一双
比地球更大的眼睛
在空寂的寰宇中
把人世阅读——

握在手里的时间

握在手里的时间
有七种颜色
撒出去是满天星
落下来是七匹狼

它们天上闪,荒野里跑动
把我所有幻想的日子
和说谎的日子
弥漫在一位长老的瞳仁里

他可以辨认出我的一切
可以钦定我的将来
可以左右我敲打我
甚至粉碎我。但是

对我与生俱来的笨拙和羞惭
他始终抱有宽容
怀有怜悯,并无时不刻地用他
坚实的手掌抚慰我的倦怠……

石碑

他们老了而我正年轻
我把年轻举到手上

初雪的日子
有一截石碑走出南山

它走得很轻松
没有携带任何东西
哪怕是一个字

附录
评论·访谈

牛泽群：良心深处的对峙，厚重情思的内敛
——读黑光 2011 自选 50 首

诗人黑光与考古学者徐进是同一人，这个事实长久以来并不为人所知。因此，当"第五届珠江（国际）诗歌节"组委会宣布，"2010年度诗人奖"获得者是徐进时，诗人以外的与会者大都面面相觑，不知道徐进是谁。"徐进是陕西诗坛最低调的诗人。"著名诗人周公度介绍说。

"我这辈子只参加过两次诗坛的活动。2000 年一次，参加省作协组织的陕西诗歌研讨会；还有一次，就是今晚。"徐进告诉记者，虽然他的职业是考古，但他写诗已经有 30 多年，只是他一直觉得"物不能以类聚"，一个人要把诗写好，一定要孤独，并进行独立的思考。在徐进看来，一个几乎连私下聚会都不参加的诗人，当然是低调的。只是，低调是为了写出更好的诗歌。

世界给我们展现了相矛盾的两面，一是所谓"物以类聚，人以群分"，另一是所谓的同性相斥、所谓的"同行是冤家"。哪一面是真实的呢？都真实。这种矛盾就物来说，是造物主的"和而不同"；就人来说，因为我们人类早就把自己严格区分于"物"，那种骄傲的心理不待协调已经一致：前者"使"，后者"使于"。我们多么骄傲，除了撑、烧，还把木头镂空，充为闲雅；我们把凶残的狼驯服成使唤的狗。区分之始，"物伤其类"，也再不适于人了。狼，饿死也不食同类。一切决斗的动物，败即止，决不杀。只有人类，是宇宙中唯一残害同类的唯一（自称）非"物"者。所以"人以群分"不过是相残的准备，稍略曲折的例子如独裁者治下越多越紧密越好（极致如脱北者竟至死罪），空旷草原上孤独的牧羊人无论做出的决定对错，也无论治下羊的多寡，都不会被顾名思义安以独裁者名。

不曲折之例比比易援，都证明着矛盾是臃杂浮现物下张紧着的刚性拴索。人性中这丑陋的一面，并不只是人性之副，而主为善，才使得人类得以繁衍赓绵，不是，使人类存衍的主因是人这回再也无法独别于物性的人性中的：恶死贵生。人莫能外，爱有其类生生不息。

所以"物不能以类聚"，作为谦辞使我惊讶，它分明是包含着一个智者的睿达和透识的无情的批判语。这句话也不可能不与他的诗有关，我们应该能看到。《独处》：

独处，是一盏灯与一支烟的纠结。
灯下的憔悴族，属于灵长类的
一支：人，你，或者我。

憔悴而暗淡：一种被牵引的感觉。
青烟弥漫：一种窒息和恍惚。
急刹车：一粒无无的解药。

无无而呜呜：歌，或者哭——
虞姬的王走了，绝了东方以东；
耶路撒冷陷落了，折了西方以西。

诗篇和刀斧的嬉戏，煲出流金岁月；
煲出鲁迅的烟斗，犹太人的哭墙；
煲出无边的空旷，寂寥，和伤逝。

"我倦矣"——四围之墙没有影子，
但有胭脂，枕头，纸巾的殷殷守候；
但见倦者当年，浅酌老酒，在灯下小憩。

这是一首颇耐寻思、颇值发掘的佳作。《淮南子·道应训》："予能无有矣，未能无无也。及其为无无，又何从至於此哉？"高诱注："言我能使形不可得，未能殊无形也。"谭嗣同《仁学》二二："无无，然后平等。"这是绝对意义上的平等，是清零后的太一水平面，是众生之源的本象，无疑是宗教元崇神性的境界，但对于诗人又在孤独深处有着熟悉的和并无解药的亲和力。《从旧梦里醒来》：

> 从一个遗失时间的旧梦里醒来
> 那个被阳光和海水浸淫
> 的葡萄牙人——
> 埃·德·安德拉德突然
> 开口说话
>
> 他说，他变成了晶体
> 结晶在白色之上
> 明净的光环
> 层层叠叠
> 一直铺到大海海底
> 和寰宇深处
>
> 他的话
> 好像是对我说的
> 我环顾周遭
> 空无一人
> 只有白色
> 和白色上的白色

《在夏天，想起了一些诗句和诗者》："这是夏日：空气明亮，剔透，/我想起了'白色上的白色'；再次想起'白色上的白色'/在一本书里——安德拉德，/二十年前我们第一次相识。"如此地萦绕。

安德拉德《白色上的白色》："在你的深处 / 所有的音乐就是一只飞鸟"；

> 在荒凉的墙壁上，在垂直
> 荒凉的白色上，
> 残留着一滴眼泪的痕迹，
> 或者如此微小模糊的
> 任何东西。
> 手在大地上书写：
> 没有其它的葬身之地，
> 阳光
> 一朵一朵地被刈割。

在结尾："有一天我将伸展四肢 / 躺在那棵无花果树下，很多年前 / 我看见它孤独地长大：/ 我们同属一个品种"。白色上的白色，与无无之境，存在着形之上的连通，都只隶属于孤独。我们无意顺着苏轼的"高处不胜寒"说思致越高便越是孤独，但起码可以反向观察那些猫呼狗唤的自足者。孔子说："莫我知也夫！……知我者其天乎！"后儒却公然篡生出"君子慎独"猫狗现象学，以及"人莫我知，君子所耻"的圈栏标准。我们看到西方的和中国汉以前的思想家莫不孤独，孤独是独立的大于 3/4 的充要条件，已经典型到了美国西部片中孤独的牛仔，他们能被什么强加于身呢？只有死亡。而中国的武侠情结则永远是师承和帮系。我无法想象真正的思考者和追求者，能够怎样与不孤独相和谐的，正如我想象得到和谐社会，像挽救病人一样挽救孤独者，是在意图于什么。"一个人要把诗写好，一定要孤独，并进行独立的思考。"我敬佩这样的孤独者，这样的低调的诗人。事实上一首诗能读懂文本意义上的七八成就很成功了，而文本意义又与诗人心中起落的诗意有多少成的涵盖呢，所以诗决不是为了宣泄孤独，一定程度上只是为了自豪地展示孤独。杜甫的

《月夜》美国汉学家限于形式只能译出八成的意思，已经打动了不少读者，如果杜甫再世，他一定毫不介意，他会认为中文注笺的自认为的十成，也不过七八成而已，如果他能用语言说清楚那十成，后人的理解反而必剩三成。黑光的《苏醒》"东来西去的风伯啊，你吹醒了/虫子们的食粮，也吹醒了/我心中的死者"。他心中的必定就不是你我心中的，每个人心中都有唯一的一份"死者名单"，就像有人说的一旦诗成，文本就不再独属于作者，它让我们欣赏作者的孤独的同时，也享受自己的那份孤独。

　　也许我们还可以从另一个具体到时人的角度，来看低调的诗人。在由锢锁钳制忽然不无心机地一下子向某一几乎是设定的向度开释，纷纷然涌现的是什么？有人还在议论中国是否有诺贝尔文学奖得者，我尝嗤之以鼻：根在，花在；根是臭的，花决不会香；永远，永远，你只是芬芳的衬照背景。涌现的是低级次质的繁荣！那繁荣，以度量，可获N次诺奖，以质衡，垃圾为多。也可以说是垃圾场式的繁荣，怎么可以觊觎鲜花盛会的嘉奖呢？你走在设定的向度，不是你的错，你走着却误以为是你真实应该的选择，就是你的错了。笔者祖籍山东，父亲20世纪50年代大学毕业先分配在抚顺电厂，几年后回京，他终生鄙夷抚顺那一带他的古近代老乡们谈吐时那土得掉渣的大茬子味。我本人毕业后在鞍钢实习，我亲眼见饭馆中衣着土洋的靓女当众双手持着大骨头棒子晃头大啃。如今，那一带的赵本山，凭着一口大茬子味的二人转小品，早已是中国文艺界的头牌老大了；一个全世界文化史上阙如的，本国史上原不入流的，只是戏子们练习的属种——小品，已经是中国文艺殿堂的标志性精华了。对他和他的小品着迷的有十多亿人，"春晚"没有他就已不是几千年传统的正常的春节了，你还幻想这个国度能有大批贝多芬交响乐、莎士比亚戏剧、国粹沉淀的京剧、原生态民歌，以及李杜大雅的爱好者，从而形成金字塔基层人数优势以顶出杰出的尖子，去执国际风云大奖、荟萃舞台的牛耳吗？这个向度预设的思想基础之一就是：庸俗化无害于体制的稳定，反而有利于之。至于它有害于这个可怜民族的肌体，那是慢性残害的，管他呢！所以（此处略去周知的大段情况和逻辑判断），真诗人，不可能不低调，不可能不孤独地低调，不可能不低调地孤独。

人诗合一，诗的"低调"体现在"内敛"之外，也像诗人一样有着若干层面的体见，比如没有故弄的技法，除了《杏花满地》《绝好嗓音》《那一拨拨被遣返的人》《面对》《一柄伐钝了千年的斧子独自走出森林》《时光倒流的景象》等少部分采用现代表现手法外，基本上都是质地的传统抒情表现手法。有关表现手法，这个时代已经逼得人们不能好好说话，不能好好写诗了。诗不是哲学和思想的工具，它不应该像哲学和思想演化史那样每基于先前的进步，也就是每废前说而开新论。古希腊哲学在哲学领域的意义更多体现于人们对早期智慧启蒙的尊重，正如人们虽然指出了亚里士多德的许多荒谬而仍不减其伟大，因为近代哲学早已覆盖了古典的，现代的又覆盖了近代的。但诗歌作为艺术形式多只是一个时期或一部分人的嗜好口味的开创，并不存在替代、覆盖和淘汰的问题。从文艺复兴时期的风格，到相反的古典主义时期，再到又反其道的浪漫主义时期，及至现代时期，现在的人们对各期佳作的喜爱，毫不顺时轴递增，反有递减的现象，有谁说过莎翁、斯宾塞的诗歌过时了不再好看了？有谁因为惠特曼不属于现代派就不把他的诗歌向学诗者推荐了？自唯美主义、象征主义出现以来的现代派诗歌作者，其作品往往就呈现多种风格倾向，其身份也多是双重或多重的，只是哪一种出名了，遂被贴上标签入史。其类似于发明米粉肉的厨师实际上天天也在吃原始蒸煮的大米饭，只有极少数愚蠢者才认为米粉肉是几千年大米饭的进步，于是米粉肉就应该完全取代大米饭、废了原来的而开创全米粉肉时代。当前中国新诗坛不无这种隐意识，好像写诗不整得怪、玄奥、让人读不懂，就不成其为诗；一旦写出让人读懂的诗了，就自惭无以立；不人为充满现代味、后现代味，就会被人标上 out。其实再过三千年与三千年前的人本质上无别，思想情感理路也无本质之别，现代派和后现代的表现技法，只是给你提供了更多的选择，而你与莎翁，与古典主义的贺拉斯，与浪漫主义的雪莱诸诗，乃至与李杜、易安、黄仲则、纳兰等，感觉到在情思上暗符、想表达方式上暗合的时候，总是占主要的，甚至更早的史诗中的英雄主义情结，马克思说那是"人类童年时代的产物"，难道不也是每个"人童年时期的产物"乃至影响一生吗？难道那不具有永恒的魅力吗？你不可能诗兴每次发作，都是现代派情思的发作，都充满了非理性因素，都涨斥着异化主题的欲能，都可归结在弗洛伊德精神分析学触生的超现实主义的梦幻世界中，都无法正面表达而必须用象征晦涩隐喻写毕才能睡下，都不禁身心情思飞越各阶段而直抵先锋之前沿。你是现代人，但你的触景生情，是含盖杜甫的而不是摒弃杜甫的全异的后杜甫型的。艾略特的《荒原》，据其自己说是"一种意念的音乐"，连与其同时代的诗人兼评论家阿伦·塔特都说"一个字也看不懂"，我们又能真正看懂多少呢？与其故意因慕名而沾形带影地模仿，何如只驱使于自我的原兴？所以既然是我们被提供了更多可能，我们就应该是做恰当的选择，当适宜用现代表现法时则用，当适宜用传统表现法时亦不弃，而不是一味和一律，不是罗营耍枪——只看前不顾后。我觉得就此，黑光诗人做得非常到位。《清明的马头琴》：

> 是什么声音，凿空了你的城。使
> 海水老去，云朵走失。让一只
> 鸿雁，盘旋于马头琴的上空
>
> 这是子夜的水。是黎明的蓓蕾爆裂于
> 无梦空间的好时辰。是抚琴人和草原之驹
> 且行且退，消失于《天边》的一刻
>
> 哦水仙睡了，梨花和桃花醒了。在清明时节
> 被一场及时的雨打成碎片：我愿意

纷纷扬扬，委身泥土和根……

　　这是一首很传统的抒情诗，质直、纯粹，迸发的情感叠排而不设计迂回层次，表现手法单一而少涉人力的外加牵合，给人以冲口而出、一气呵成的情感宣泄的接受，让人有充足尽兴的酣畅，暗呼足矣，足矣！对我来说，听过现场牧民家的、非表演的马头琴，那种如泣如诉、古朴如在天边的悠扬之韵，非此种无以表之，而且假设用现代派的某某主义来写，是多么的赘疣之于冰肌。表现主义的宣言说："世界存在着，再去重复它毫无意义。"愚不敏，有些东西我宁愿重复N遍，有些则第0遍也不想要。

　　另一种"低调"的体见，在于诗的简达而不衍。诗贵于此，我们买白菜时，现在已经是简达而不衍的过程：不会遇夹带着市场经济或领恩概念的捆绑销售。诗歌中为求深邃、醒人、丰满而过多牵强引出的衍生东西，往往令人生厌。黑光的诗歌，基本都是中短篇，但并非由此，其简达不外衍的风格，是意构和篇构决定着的，也是语言的洗练干净支持着的。

河南·驻马店·1975
——与青春有关的日子

板桥，石漫滩
这一年父亲送我下乡
有人说，神睡了
紫禁城的太阳在消褪光芒

白的手和白的肚皮也漂来了
像山芋。像猪蹄。像水饺
有消息说"狗已经死亡，牲口
已经死亡，人民已经死亡"

> 这是八月八雷公暴怒。我
> 听到了九州之夏的怯怯哀声
> 这是二十万生灵涂炭。我
> 记住了河南·驻马店·1975

这首当时单贴出时就曾打动了我。有人说好诗抵得一篇雄文，我尝以为那是因为为文，总需要八股形式，要完整，反赘而不尽。诗，别之于在径直剪取和高度凝练，所以贵在本色之洗练。驻马店事，有太多的话可以说，但黑光把它们削成一根刺，直刺人心；还可以有另外方式：不削，让翻倍体积的有刺有疙瘩之物击人。孰优孰劣，自然可见。

至于属于诗道正科的"内敛"，也就是常说的一定的自我节制或压制，与其说它有着情思厚重的前提，不如说那原是为诗的根本前提，只是它更形象地显示出来了：如果轻薄，再压制就没了。按雪莱的说法，一切文明产物，皆诗情弥具。维科、克罗齐辈说：普天之下，人人皆诗人。如此可知，内敛实际是两个步骤的省略说法，第一首先要升华，继而再节敛。就近取譬，黑光的《河南·驻马店·1975》正是如此，《隐遁》《凿空》《日子》《永生》《面对》《剔水》《穿越》等等也皆如此。不必非要一位考古学者才能厚重，不必非要学富五车才能厚重，"诗有别材，非关学也""诗有别趣，非关理也"（然非多学、穷理……不能……），我只说是"情思"的厚重，积蕴各异，形状各异，斑斓而无圭臬，唯其厚重，斑斓得才有品位；唯其厚重地斑斓，民族品位才可忝列于世界之林，才可过问诺奖之鼎重有几何；唯其斑斓又厚重，才实现"诗道广大"，才不再问诺奖事，回归我中国诗之国度尝有之独绝于世的至高荣誉，像屈宋李杜韩柳苏辛黄一样活得自然、写得自如，却孤陋寡闻到竟不知还有劳什子诺奖一回事，可求取大能补足炊米川资。这就至少不是现在有些一日十首的快餐式或市场式或功利式的方向。

接近最后，关于"良心深处的对峙"，我想不必也不便展开切题了，归根结底，欧阳修说的"诗原于心"，诚哉斯言！我读黑光的诗，感觉是他深处的良心——地与自己的和与自己有关的机心、现实、世俗、恩威、可抗的代价与不可抗的湮灭、聊以寄托与失望彼岸之间的，相互对峙。其实这也是我判定好诗与否，以及畸形思致环境状态下不可能追求文学的根本意义，便转而求其次的达与否，或者换句话说采用适宜的方式，真正贡献于人类的精神文明于涓滴与否，再或者换个比喻，你是否根据天气穿什么衣，而不是从画面上看见人家穿什么衣就跟着穿什么衣。这一类的私我标准之一，当然是其要者之一。这个标准是两维动态的。李杜苏辛黄时代，没有国家民族天地良心的各完整而独立的感念，国、君、天、天下合一；钱谦益吴梅村时代，又有另一种合、分；王国维则续前淡漠中又有新的变异（有人说他自尽是为满清亡而尽臣之忠，真让人笑掉大牙，岂不知他是中国最早渐受西风之士）。中国新诗肇始的尝试派、新月派等，与四五十年后劫后余生的昌耀、洛夫等如何的异中之同，而北岛、食指、芒克及其他各地诸杰，又与上者如何同中之异，而以下迄今，异中之异，时异身不异或时异身异，又岂因喧嚣所掩？市有琼瑶与野有遗珠都是暂时的，时间大潮之后圣坛上的是不分朝与市与野的，只认时实对应的货色。红山钩玉的精美，远不如现代匠手之出，商周青铜，质型难比乡镇级铺子的，但我的标准是动态的，在瞎之前。即使我如"奴隶"其字义源出的被戳瞎一目，尚有一目。我深以为，在此上与黑光诗人的心是相通的，所以读其诗所隐感，也有共鸣。

　　黑光，抑或徐进，因其低调，也因其沉潜、独处，于读者、于诗界都显陌生。但我相信，随着时间推移和文本披露，人们会逐渐认识黑光。

牛泽群 2012.1.2 于北京

宫白云："黑夜里兀自汹涌的大海"
—— 黑光诗歌印象

> 我是光
> 在最黑的地方和你打招呼
> ——黑光

好像诗人本质上都是哲学家，记得有句话说，"诗是原初的哲学，哲学是实现了的诗"。但哲学最终不是诗可以解决的，那么诗要解决的是什么？这个问题也是我经常去思考的。小说家设悬念、讲故事；批评家写洞见、抽象思辨；哲学家写思想、写认识、写万物的本源，他们"思辨的水是按照精神方式建立起来的，不是作为感觉的实在性而揭示出来的"（黑格尔）。而诗人呢？诗人最重感觉，"任何东西都可入诗"，从这一点来看，诗人是无冕之王，在各个领域树起旗帜，这正是作为诗人的荣耀与难能之处。近来阅读诗人黑光的诗就时不时地感觉到这可贵的难能。

他的诗涉及很多的层面，特别是哲学与现实的层面，读他的诗总是让我的思维向着哲学的氛围靠近。在我看来，他是一个忠实于自己灵魂与感觉的诗人，始终有着自己独立的思考，予己予人引发启示。视野宽泛而敏锐，经验与哲思杂糅，心灵与生活融合，思索与现实纠葛，他总是意图拓展或突破（无论是思想还是灵魂），经常性地呈现个人和理想主义的焦灼。他的"诗语"哲味，禅思，智慧，偶尔地挟带着那么点神性。而这些都是不可知的力量或上帝的幽光，我在诗人黑光的诗中时常感受到这种力量与光照以及诗与哲学的交融："我不干了。/我跌倒在时间第七台阶上。/再上，只有空阶。"（《在时间第七台阶上》）。"时光是一把锋利的铁锹/挖出多少又填进多少"

（《我的身体里驻满了四季》）。"路，瘦到骨头还是路／风，倒塌下来还是风"（《君子兰在诵经》）。"我睁眼瞎已经很久了。／我看见的，／都是我不想看见的。"（《家国之咏》）如此的诗写烛照自己也烛照他人。诗人总是以拳拳之心忧郁着众生。哲思和感悟，是黑光诗歌的基本音调，关于生命、死亡、灵魂、宗教、价值等终极事物的形而上探寻是他诗歌的意指，他通过它们完成对无限事物的认知与开掘。

爱默生说："在每一个深度，皆有更深的深度开放。"这大概也是诗人黑光的诗歌追求。"在人世间寄身，你获得／行走的机缘／行走：是风在行你，路在走你／／风，本是你／内心的魔兽，／进进出出。路／却是双脚的寺庙，佛陀／就嵌在你的裸踝上／／行走——／每一个脚印里，都有小僧禅坐／风过，每一次拂面，总有梵音回荡／／天宇暗下来的时候，你／还在行走／从菩提花开，到银杏挂果／山门始终开着：候你——"（《行走》）。这是行与走的互为因果，某种意义上，"行走"其实就是获得，那些必然的万物生从行走的泥土中新鲜地喷薄而出，从这样的诗中我们能感觉到那从足底透射出的坚韧与力量。不管我们在人生中，走过了多少次弯路，经历了多少次黑暗，它们都是人生宝贵的经验，而诗歌经常要处理的正是这些经验，思想的、生活的、现实的、身体的、感情的、内心的，只有从经验中得来的诗才最能深入人心、浸入灵魂。

一位诗人要写出那些前人或他人没有感悟到的东西是相当不容易的，大多诗人的诗歌潜伏着前人或他人的思想与脉络，或者干脆说是影子，而如何穿透这些影子，走出自己的独立之路？黑光如同在黑夜里走钢丝，他悬崖般地在诗性与哲性之间保持着平衡，以他的睿识、缜密从日常生活提取哲性并加以深化，注重语言的锤炼、意象的精确及诗歌肌理的丰饶与深厚，让自己的诗歌慢慢地于不动声色中接近所言之物。"你有理由相信：凡表面／拒绝的，大多是内心所向往的／正如足与路的角力，树与根的背离／每一次完成都是一种丧失／每一座整体都是一个局部／循环往复，高塔举起低谷"

（《低谷》）；"认识天道地理，是你的福／把身段放下，睡眠就赶着来了／可以裸睡，也可以和衣而眠／略微想事，数日子，默念几页书／万事顺遂：天黑，让它黑去／天亮，让它亮去，你只管鼾声枕雨"（《睡眠》）。这样的诗张力与质感就摆在那里，设境空间完全放开。在这些认知或者天道面前，生活充当着中介并以生命的坦诚打动人心。

  黑光的诗读起来如此与众不同，是因为诗人黑光始终对诗有种清醒的认识，有形和无形的品质结合，使他的诗总是自觉或不自觉地追求存在的深度和心灵的真实，肤浅的喜怒哀乐，无法满足他的境界，他希望去探索大海一样更深邃的东西，为此他执着于对深度的探究，在日常生活的常态与生存境遇中去发现蕴含的哲学内涵。生活中任何一些微不足道的日常发生都可能成为诗人诗写的由头，那瞬间的顿悟与领悟在诗歌中被转换成了类似于哲理或灵魂层面的东西。"总在好的面前任由坏的驱使／也总在登顶之后／向一湾溪水致歉／／满坡的蕨类兄弟都是我的亲戚／上苍把奖掖它们的天光／也加冕在我的头上／／伸开双手，蝴蝶就来了。仿佛／迷醉我的仲春只在／某个冬日下午呈现／／路边的石楠已亮出花椒一样的／籽粒：我愿意就此睡去／听火焰被寂静淋湿"（《冬日加冕》）。整体上看，这首诗构成了人与万物的和谐之境。他悖论地打破了人与万物疏离的格局，使得诗人与"万物"之间的阻隔不复存在，而成为"兄弟"或"亲戚"。这意味着上苍对万物与人都平等地相待，人并不比"溪水""蕨类""蝴蝶""石楠"等高贵，诗人顺应天道，接通自然物华，与自然交融一起接受"天光"加冕，从而获得一种澄明中简单、简单中澄明的禅境，并以这种禅境去透视人类的终极意愿，而生命总是会在这样禅性的瞬间，取得实质。

  在当下风起云涌的诗界博弈中，黑光似乎显得过于老实，他一直在边缘处游走。他的诗没有宏大的叙事，奔放的抒情和蓬勃的诗意。他的诗是一个个案，在哲性与诗性的维度来解构诸多的本相，他诗歌所表达的内容至理明晰，格言式的句子屡屡出现，有着强烈的个人主观色彩。唯有诗歌可以应付现实，举起内心，黑光诗歌令人钦佩之处还在于此。他的一首《一生腹稿》可谓是诗人对诗歌一生不离不弃的完美证词。"诗是一生腹稿／有时要写出来／有时只需压在心底／／诗是黑夜里兀自汹涌的大海／被自己撬动／被自己平复／／海平面上站着安静的哈姆雷特"（《一生腹稿》）。这种"一生"的落笔表明诗人对诗歌的无怨无悔。尾句的"海平面上站着安静的哈姆雷特"也表明诗人也曾有过哈姆雷特是生还是死的困惑，但他最终在大海面前安静下来。当诗在黑夜的大海兀自汹涌，无论写出来还是压在心底，都是诗人不能割舍的血脉。因为诗就是他的人生，人生就是他的诗。它们像大海一样兀自汹涌，他"撬动"，他"平复"，它们将在诗人的生命中永存！

2014.7.28 于辽宁丹东

周公度：银杏树考证

考古学者、诗人黑光，在我的印象里不是人。是一株古银杏树。

这个印象一旦确定下来，便愈来愈深，难以拂拭而去。

事实上，他与银杏树相似之处的确甚多。他与同事合作，编辑过两卷《陕西文物地图集》。是书被国内古玩界称为"盗墓圣经"，把陕西境内的文物具体到每个村庄，每条河流，每座土丘。记录着这片承载着中国历史上所有辉煌的土地上的丁丁卯卯。

银杏树也是如此。科普书上，它被称为现存种子植物中最古老的"孑遗植物"。"孑遗"二字太霸道了，直接将时间推至三四亿年前。那么，他定然熟悉冰川时代的秘密了？

应该不是冰水，而是尖锐的冰山冰凌。他的模样即是如此；他看上去绝对不是那种心平气和、和颜悦色与人说话的人。也许他想一个眼神就让对方言听计从。也许恰恰相反，他在有意与"相由心生"的古谚语作对；在给女儿的信与诗中，他展现了他温柔的部分。

但他的诗文中更多地体现出了火焰的形状与气息。炙热、锐利、突兀、倔强、急遽、直接、仿佛柔软却刚硬、蛮横、时时刻刻、不由分说。

这是火山的气息。不是日本的富士山，而是说法语的非洲刚果的活火山。

法语对于他不是似水柔情。而是对革命与人文传统的推崇。在我对他的阅读中，他几乎没有写过他的爱人；仿佛他的爱人是乞求着嫁给他的，他不能泄露一丁点儿爱的信息防止她哪怕是一丝偶然的骄傲。这简直不能让人忍受。

他感慨的是时代。

他歌颂的"革命"不是暴力，而是对崭新事物的宽容掌声，对自由意志的呼声。他赞赏反抗者。赞美生命的热度。赞美意志与天的尊严。甚至赞美苦涩与砧板的伟大。他有很多起句不凡的诗,让人想起聂卫平,"前二十手,天下无敌"。像在抒写一幕希腊悲剧。

当然,他经历过漂亮的战役。现在侧耳倾听浩瀚的风声。

这又是松树的性格。在岩石间总是比在松软的土壤中生长更快,更繁茂。

我很想问下他的生辰八字是什么。银杏树都很高大,树枝是柔软的吗?我需要爬上去折枝看看吗?

我甚至买了一本金盾出版社的《银杏栽培技术》。

他为什么还不叫我去喝茶?

2013.4.26 于西安

周公度：寂静慢慢生长
——黑光访谈

周公度：你是由于什么样的机缘开始写作的？

黑光：15岁那年，因斗殴受了脑伤，昏晕七天之久，吃啥吐啥。次年中学毕业，半年后插队渭河滩，又遭受一次脑伤和一次抢险坠河。接连几次被死神眷顾，捡回命后，感觉要写点什么了。我甚至想好了篇目，叫《死亡的叛逆》。后来，读到俄国普希金、莱蒙托夫和十二月党人的故事，写作情绪就被彻底激了起来。事实上，学生时期我最喜欢的是数学，一直是班上的课代表，解题速度超过其他人四五倍，有时还替代老师讲课，被冠以"数学家"绰号。两次脑伤后带来了间歇性头痛和健忘后遗症，就以每天阅读来保持记忆的连贯。但依然很难，熟悉的人会突然叫不上名，又会突然记起。即使如此，我喜欢的诗者仍一一刻入了脑海。

周公度：最初喜欢的诗人有哪些？为什么？

黑光：开始是俄国的几位重要诗人；上大学后接触到《今天》北岛、多多的文字，有如醍醐灌顶；再后，读到戴望舒译的《洛尔迦诗抄》就欢愉到窒息了。加上艾米莉·狄金森、荷尔德林、曼杰斯坦姆（也译作曼德尔施塔姆）、艾略特、叶芝、奈丽·萨克斯、博尔赫斯、埃利蒂斯、聂鲁达、里尔克、帕斯捷尔纳克、安德拉德、保罗·策兰等大诗人的滋养，感觉底气充盈，可以抵达他们。

周公度：在你的写作经历中，哪些诗的写作对你有转折意义？

黑光：可能是《在夏天，想起了一些诗句和诗者》吧，里面直接或间接囊括了上述诗人的精神内核，乃至融进了王小波。小波的

"时代三部曲"对个人的冲击有如印尼大海啸。

周公度：你的诗歌关键词或主题是什么？与评论家的发现和概括有没有差异？

黑光：暗黑、孤独、寂静、光。我有两首新作就叫《暗黑为浆》和《黑暗，为夜行者储存方向》，还有旧作《黑时间》《独处》《寂静慢慢生长》《一切事物都有光》等。评论家对我从不关注，我也乐得自在。倒是熟悉的朋友会有千把字的评述或读后馈赠于我。综合起来，基本符合。

周公度：你每年大概创作多少首作品？有什么样的写作计划？

黑光：原来不稳定，近几年似乎规律性地蹦出每年五六十首。即使业务再忙，也会有灵感光顾。我总感慨，一定是奥林匹亚山上的诸神在悄悄庇佑咱。可以说，写作是基本生活方式，诗是我一生的后花园。待手头《陕西省志·文物志》终审后，拟整出一册《晨曦之车》的集子，收入近年200余首。对了，这个书名还是你建议的。我注意到《延河》去年发了"晨曦之车"（15首）后，《诗选刊》很快予以转载。郁闷的是，至今没有拿到样刊。

周公度：能否用几句话表述一下你判断一首新诗是否优秀的标准？并举例。

黑光：首先要有小细节与大视野的对应和关照；时序中，要有往昔与当下的碰撞和缠绕；逻辑上，要有悖论和抵牾。这些要求似很苛刻，但没办法，我已经阅读40年了，作品好坏，第一行就可以做出判断。譬如，帕斯捷尔纳克的"二月。墨水足够用来痛哭"。起笔一句，就如匕首刺中了你。

周公度：你认为中国当代诗歌在中国诗歌史上处于什么样的位置？

黑光： 当代诗歌要放到网络时代的大背景下来考察。网络时代，其实就是电脑和手机时代。至少，我个人是离不开电脑了。诗歌传播以及"文史哲"学术交流也是这样。天涯咫尺，通过电脑传输，比打个哈欠还快。中国乃至全世界的诗写者们，谁都避不开"电脑依赖"（个别高人例外）。即使曾经避开过，现在也避不开了。以本人编辑的文物考古期刊为例，一个基本要求是，作者稿件须是电子文本。

网络时代，诗歌的产量是极其惊人的，每天产生一千万首是常态，全年下来可以是天文数字。而诗歌鼎盛的大唐，人口不过五千万，诗人数以千计，清康熙年成书的《全唐诗》也不过辑录了48900余首。网络时代极大降低了写作成本，不用研墨叠纸，不用草稿誊写，甚至不用印刷；网刊和电子书，一晚上就可以整出来。短板是，错别字多，伪诗、赝品、仿作乃至剽窃之作泛滥。十年前，我开始网络写作，ID是纤手太阳，当晚作品发到新浪论坛，第二天就有人挂上他的网名在别的论坛发表，还沾沾自喜地接受网友祝贺。

网络时代，也是践踏知识产权的时代。就诗歌史而言，可借用狄更斯《双城记》中的一段表述："这是一个最坏的时代，也是一个最好的时代"。

周公度： 你最喜欢的古代诗人有哪几位？

黑光： 春秋时的老子，南唐的李煜，宋朝的苏东坡、陆游、辛弃疾。老子和辛弃疾，一个出世神仙，一个入世大侠，我完全服倒在两位膝下。

周公度： 如果只选择五首代表作品，迄今你最满意的是哪几首？

黑光：《大河组诗》《小虫童话》《清明的马头琴》《独处》和《冬日加冕》，另有《潜入二十一世纪的老子》一组，可以替换其中任何一首。只是，它至今还是一组半成品，不知什么时候可以完整亮相。里尔克创作《杜伊诺哀歌》十首，耗去整整十年。我也可以。

周公度：你的阅读兴趣是哪类书籍？写作之外有哪些爱好？每年有没有出游的计划？

黑光：历史类书籍，以及个人传记和回忆录。写作之外喜欢围棋、足球、音乐，以及养蚕。对后者，有割舍不了的情结。也许，我的先祖是养蚕世家；抑或，中华原本就是丝绸之国，而我是最卑微的传承者。至于出游，等清闲下来后很想重走欧洲，喜欢阿姆斯特丹的郁金香、塞纳河上的桥、莱茵河畔的古城堡和葡萄园。

周公度：作为个人品质的内心界定方式之一，有没有你厌恶并警惕的诗人、作家与作品？

黑光：曾经有。随着时间流逝，已经天高云淡。

周公度：你的本职工作是什么？是否喜欢这件工作？为什么？

黑光：曾做过考古发掘、文物征集、博物馆和古建筑管理，现在是单位法人并主编《文博》期刊。谈不上喜欢，安身立命而已。

周公度：你的出生地与你的写作风格是什么样的关系？

黑光：我出生在秦岭北麓的国防工业基地——秦岭公司，所居"苏式"楼内都是"高干"人家，童年和少年时期在"文革"中度过。当别的孩子还深陷红色风暴之时，我已经挣脱出来。机缘是，对门男主人是公司政治部主任，常常拿回来只有高级干部才能阅读的灰皮书。我是他家常客，为能读到这些书籍，一时间变得很乖巧，书也就拿到手了。《第三帝国兴亡史》《约翰逊回忆录》《尼克松回忆录》《田中角荣回忆录》《赫鲁晓夫回忆录》《朱可夫元帅回忆录》等，都是在下乡插队前看完的。再就是，公司发生了所谓"童子龙现行反革命集团案"，无非是私下收听、传播了台湾电台消息，就成了逆天之罪，被举报后一网打尽，为首的"要犯"由当时的"军宣队"代替公检法宣布死刑。一个鲜活生命仅仅因为收听了所谓敌台，就被执行枪决,对我的一生罩上了抹不去的阴影。为什么呢?我也是收听者之一,因为懂得自装三极管半导体收音机。加上林彪坠机事件发生,一个"法定接班人"突然消遁,国家意识形态层面的东西太叫人恐怖。也就是从"文革"后期开始,我内心确定了:只做一个人,不加入任何政治组织。所居环境对我的写作影响,可以说是深植骨髓。譬如,个人创作理念是:崇尚个体尊严和认知观觉醒,启蒙一代人的历史思考、独立精神和自由意志。这些托大的话,都与我的出生地和少年成长期有关。甚至,我的笔名黑光,也与我的早期阅历有关。

周公度:你最喜欢的城市是?为什么?

黑光:说来让你不相信,青岛!事实上,我只去过一次青岛,是在大学暑假期间。那年,我一个人游历了十三个省,行程上万公里。回来后被问哪里最好?我脱口:青岛。仔细想起来,喜欢的原因就三条:姑娘俏丽,海水湛蓝,街道飘浮着爽心润肺的西瓜甜。

周公度:你平时与哪些人交往?是否经常聚会?

黑光:偶有聚会,仅限于大学同学和为数很少的写作圈朋友。

周公度:最后请推荐几位你最喜欢的作家、导演、学者、艺术家等,以及他们的作品或书籍。

黑光:我是囫囵吞枣一族,容易误人子弟。这里不作推荐,只说说自己喜欢并终身受益的作品。学者著述有汤因比的《历史研究》;小说有哈谢克的《好兵帅克》、罗曼·罗兰的《约翰·克利斯朵夫》、马尔克斯的《百年孤独》、菲茨杰拉德的《了不起的盖茨比》、塞林格的《麦田里的守望者》、索尔仁尼琴的《古拉格群岛》;传记有欧文·斯通的《渴望生活》;木刻有凯绥·珂勒惠支的《战争》系列如《牺牲》等;歌曲有邓丽君演唱的《梅花》以及苏格兰民歌《过去的好时光》,后来不知是美国人还是中国人改编为《友谊地久天长》；电影有罗伯特·本顿执导的《克莱默夫妇之争》、深作欣二执导的《蒲田进行曲》、高仓健和倍赏千惠子主演的《远山的呼唤》，以及山田洋次执导的全部48集《寅次郎的故事》。

注：访谈标题取自黑光诗歌《寂静慢慢生长》

2015.1.18 于西安

黑光：《小虫童话》创作谈

1983年9月2日，在西北大学拐角的小书店，意外撞见了《戴望舒译诗集》。

三天没吃饭的饿汉，突然被拉到一桌丰盛的筵席上，那种昏眩和不知所措，是可想而知的。昏眩完全来自于洛尔迦歌谣体诗句的毁灭性打击——它太完美，太爽心，也太残酷了。是诗人伟大的天赋和预见性的命运苦果，彻底击垮了我，但也因此淬火和磨砺了我的鉴赏利刃，教我知道了诗是什么？世界上最珍贵的东西又是什么？几个月后，下决心烧掉了积攒十余年的几乎所有的文字。告诉自己：创作，倘若可以为继，就顺其自然吧。要回到土地的朴素怀抱和生命的元素中去，重新审视生与死的真谛及命题，探究渺小个体面对命运洗劫时的坚定而又无望的努力。洛尔迦在《骑士歌》中这样唱道：

> 哥尔多巴城。
> 辽远又孤零。
>
> 黑小马，大月亮，
> 鞍囊里还有青果。
> 我再也到不了哥尔多巴，
> 尽管我认得路。
>
> 穿过平原，穿过风，
> 黑小马，红月亮。
> 死在盼望我

从哥尔多巴的塔上。

洛尔迦吟咏的骑士精神,有一种优雅的风度和视死如归的轻快,几十年来,一直感动着不同国籍的不同肤色的人,这就是他的魅力和价值所在,为此他付出了生命的代价。在1936年的一个说不清楚的日子,他被佛朗哥集团在格拉那达的长枪党徒谋杀了。诗人的无端的死和他生命律动的杰出才华的突然消失,是热爱他的人民的永久的痛,和西班牙语系所能创造的伟大诗篇与歌谣体文本的无法弥补的损失。如同在宋代中国,凡有水井之处,无人不知晓柳永的词章一样,洛尔迦的诗歌,在所有西班牙语系国家中,也是人所共知。洛尔迦是西班牙贡献给世界的诗人。

《戴望舒译诗集》中的《洛尔迦诗抄》共收录诗篇、歌谣26首。我最喜欢并常念叨在口的就是《歌集》中的《骑士歌》,迄今,已诵读不下30遍,永久不腻。好的作品,就是这样。第一次诵读时,眼睛湿润,脑海里却浮现出了知青时代的许多场景:在渭河堤岸的石堆上,或在雪夜的篝火旁,倾听老哥王海贤咏唱那曲俄罗斯民歌《大草原》。它被译成了中国式的五言句:"茫茫大草原,路途多遥远,有个马车夫,僵死在草原"。在劳苦一天,所得十工分只值7分钱的日子里,每每受到来自环境和其他方面的挤压,我和几个相好的知青,总要缠着海贤老哥唱那首《大草原》;他是沉静地唱着,而我们往往已经泪不能禁了。其实,他比我们更苦,一个具备良好男中音潜质的歌手,沦落到几次招工都被甩下的境地,完全是时代的错。后来听朋友说,他有几次独自一人跑到堤岸上,唱着这首歌大哭……

我一直惊异《大草原》和《骑士歌》的异曲同工,究竟缘由了什么?

多年后,我做了父亲。给女儿朗诵《骑士歌》时,发现小家伙眼中竟也含着泪水。有一夜,女儿不睡,反复问着爸爸:为什么迦迦说"死在盼望我——从哥尔多巴的塔上"。光是"黑小马,红月亮"

该多好啊！问的时候，一副心碎的样子。那年，女儿不满五岁。

女儿的问，即使过去了十多年，好像还在昨天。这十多年中，我总有一种隐隐的负罪感：不该给她听那首《骑士歌》。负罪，还在于从孩子出生四个月后，为父几乎再没有履行过父亲的责任和义务。在奶奶身边长大的孩子，她原初记忆中的本该享有的父母的温馨之爱，不只是模糊，而且近乎残忍。我知道、女儿也记得，她很小的时候，常在床下、门后和大衣柜里，哭喊着找爸爸妈妈。

罪过在我。一个成年人的思考和赏鉴，无端加给了孩子，致使幼小的生命在无邪的想象中，被迫接受了惶惑和被催生的早熟。几乎是在同一时间，在隆冬时节的某个傍晚，我骑车带孩子出去兜风，拐过院子路口时，女儿突然说道："爸爸，草是不会死的！"口气异常坚定，这叫我很吃惊。此前，并未给孩子灌输过唐诗宋词，但孩子的思绪怎么就吻合了"离离原上草"，或许幼儿园的阿姨该受褒奖了。路上，我问女儿怎么想到说出的？女儿有些语无伦次："草有根的，有根，草就不会死了。"第二天，父女俩重新走到院子路口，瞧见了让孩子感悟的那株草，再往前还有几株，是静静地卧在冬青下的蒲公英。

以后，大概不止四五次地给孩子讲爸爸、蒲公英和蚕的故事。是冬蚕，不是春蚕。

小时候，我是当地蚕王，每年养蚕付出的努力，足可以叫世上的养蚕人都汗颜。蚕吃什么，统统研究过了——桑叶之外，还有榆叶、桉叶、茶叶、莴笋叶、婆婆丁叶。婆婆丁，菊科，叶茎有白色乳汁。多年后知道了它的学名叫蒲公英，孩子们都爱吹它毛茸茸的伞状花絮，看白色的小伞漫天飞舞。许多肚子有墨水的人都曾写道"让蒲公英一样的思绪和向往飞向远方，让希望的种子漫天飘洒"之类，或矫情，或模仿，倒是跟蒲公英打了多年交道的本人，未曾歌咏过。

我和蒲公英及冬蚕的故事，完全是异想天开的恶作实验剧。说恶，是为了做蚕王，胆敢违逆自然之道，在隆冬时节用取暖火炉的烟囱管子，把蚕宝宝烤出来。当元月蚁蚕来到这个世界，可食之叶，只有蒲公英了。我设想着,在所有孩子开始喂养蚁蚕时,我的大蚕早就上山了。这种狂妄之举,几乎成功。在十一岁那年,我和最好的朋友胡颖,把冬蚕养到了开春,却抵挡不住一场突如其来的瘟病,已经到了二龄期有半指多长的小宝宝们,在几天内全死了。我为此痛哭一场,陆续安葬了它们,并写了悼词,烧了纸。

有谁理解一个孩子如此疯狂地迷恋这世上最美好的虫子,一定是哪个窍出错了。

我所待的小镇,桑树很少,仅有的几十棵桑树,各有其主,全被我偷遍了。远到离家五里、八里的县中学及公社的桑树,也被偷遍。最远,跑到二十里外。而且,每晚睡前,还坚持喝一大缸凉水,为的是夜半尿憋醒来,喂蚕。入大学后,第一次读到李商隐"春蚕到死丝方尽,蜡炬成灰泪始干"句,感觉就像是给自己写的一样,感动得直想拥抱李君,尽管他已过世千年。常跟女儿说,天下有两种美虫——大虫老虎,小虫蚕。老虎是山大王,蚕是上帝的宠物。但这个宠物,一生都在被索取。在1990年诗抄《嬗变之道》中,我这样写道:

> 那孩子总是习惯性流鼻血
> 瘦得可歌可泣
> 可却天天冥想
> 用上帝的树叶来喂养
> 人世上最美好的虫子
>
> 嚼饱上帝的树叶,虫子长大了
> 最后吐出亮丝
> 结成一朵朵洁白的茧花
>
> 那孩子就卧在花丛中
> 冥想上帝

直想得越发习惯性流鼻血
也瘦得越发可歌可泣

一觉醒来 才发现
眼前站着向他乞讨的上帝

这是我继"青青童梦"后的第二个可以记挂的梦,只是做得少了。它构成了一个孩子的原初向往和本能焦虑。后者,来自于现实本身,并一再被现实所证实。在更大的范围内,具有更普遍的意义。但希望上,还是心甘情愿做蚕的好。做蚕,苦恼少些,生命的坚韧和勤奋却是自始至终。这就是蚕的平凡和伟大。把自己想象成蚕的时候,这种期望,也无意中寄托给了女儿。企图推开《骑士歌》对女儿的压迫,就必须写出一首压倒《骑士歌》的文字,或至少叫女儿这么以为。事实上,它已经完成。是瞬间的感悟让《小虫童话》诞生了。这一年,女儿刚满六岁。

小虫童话
——写给女儿的六岁生日

一条小虫,爬向远方
她——
爬出我的门槛
爬过我的长廊
越爬越快,最后
爬到了青青的田野上

小虫的身后是个国家
我就是那仁慈的国王
在我的国家里

> 只有一个警察
> 他待在自己的监狱
> 天天敲打铁窗……

一年后,准备升入小学二年级的女儿,给了《小虫童话》一个孩子式的评语:我是小虫,妈是警察,爸是国王,嘻嘻,我喜欢哦!

2004年10月于西安

后 记

小世界

你枕着窗台睡觉
门槛垫着你的脚

身上——屋顶
身下——屋底

翻左身,碰壁
翻右身,碰壁

你的发缕在房外飘
缠住打劫的小强盗

此系1982年的打油,曾投寄过几家刊物,皆泥牛入海。

  写作,于我是大愉快事,即使是在最不堪的时候,也因脑袋瓜里能瞬间蹦出几行释怀的句子而欣悦不已。我的分行句子,大都在十分钟到半小时内完成,事后修改可能会持续一两天,但最终发表的文字与初始样貌相去不远,有的甚至没有改动过一个字。
  因此,我诊断自己:今生不会产生大作品。
  这又是大愉快:省却了不少俗念和妄心。

  这本集子,缘于周公度的一次玩笑。
  但我当真了。真,是一种至高娱乐的游戏和奖赏。加入这个游戏的有："90后"邢静姑娘，从网络上下载了我6年来的所有作品，计300余首，按年份编成六辑；我则按比例剔除了30%剩下209首，交予公度君继续删减；后者不忍下手太狠，只剔除了28首，留下181首；接下来由晶晶女士做版式设计，并打印装订成册，最后交付西北大学出版社审定。至于奖赏，是发自内心的温暖和感铭：谢谢前后参与这个游戏的诸位女士和先生——他们美丽、良善、勤奋、负责，在2016年的春天，与我共同搭乘了这趟晨曦之车。

黑光
2016年3月于长安止宅